色悪のたくらみ

愁堂れな

幻冬舎ルチル文庫

C O N T E N T S ✦目次✦

色悪のたくらみ

✦カバーデザイン= chiaki-k(コガモデザイン)
✦ブックデザイン=まるか工房

イラスト・角田　緑✦

色悪のたくらみ

1

「峰《みね》の野郎、どこフラフラしてんだか。この大事な時期によう」

早乙女《さおとめ》の悪態が室内に響く。峰が姿を消して今日で一週間になるため、早乙女のストレスも相当たまっているようだと、高沢裕之《たかざわひろゆき》は密《ひそ》かに溜《た》め息《いき》を漏らした。

高沢も早乙女も、東日本一といわれる組織『菱沼組《ひしぬまぐみ》』に属している。元刑事の高沢はある事情で警察を辞めることになったのだが、オリンピック選手候補にもなった射撃の腕前を買われ、当時若頭だった現組長、櫻内玲二《さくらうちれいじ》にボディガードとしてスカウトされた。

実は櫻内は射撃の腕だけでなく高沢本人に興味を持っており、ボディガードから愛人の座につかせるのにさほどの時間はかからなかった。最初高沢には葛藤があったが、紆余曲折《うよきょくせつ》を経て今では櫻内の愛を受け入れ、彼に望まれたこともあって『姐《あね》さん』としての立場を自ら受け入れている。

とはいえ高沢は今まで射撃以外のものにも、そして人にも興味を持つことがなかったため、櫻内の自分への想いが『愛』であると気づくことができずにいた。それればかりか、自分の櫻内に対する気持ちがなんであるかということも未《いま》だに把握しきれていない。櫻内のために組を守《も》り立てていきたいという願いを持っているということはようやく自覚できるようになったところである。

『姐さん』となった高沢のお披露目が一週間前に奥多摩《おくたま》の射撃練習場で開催され、大成功の内に幕を下ろした。お披露目というイベントを成功に導いたのは、通称『チーム高沢』のリーダーでもある峰で、彼は寝る間も惜しんで諸々《もろもろ》の手配に尽力していた。

峰は高沢と同じく元刑事であり、退職後、ボディガードとして菱沼組に雇われた。高沢と違って人とコミュニケーションを取ることが得意な彼は、元同僚たちからの情報を集めることができるという有能さを買われ、櫻内にも重用されるようになっていた。

まさかその峰が『エス』——警察のスパイであるとは、高沢は想像したこともなかった。が、あることをきっかけにその疑いを持つようになり、櫻内にも打ち明けたところ、櫻内はとうの昔から見抜いていたとわかり、愕然《がくぜん》としたのだった。

櫻内は峰に対し、二重スパイになるなら命はとらないと告げた。その確証として櫻内は今、警察の手の中にある、組の運転手、神部《かんべ》を取り戻し目の前に連れてくるよう命じ、峰はその命に従うためにこの一週間、奔走しているものと思われる。

峰がエスであることは、櫻内と高沢以外の組員には明かされていなかった。櫻内がそうした理由を高沢は推察するしかなかったが、混乱を避けるためではないかと考えていた。

運転手の神部は、高沢が組のボディガードになったときには既に櫻内の運転手を務めていたが、何者かに取り込まれていたらしく、高沢誘拐を企てた。いつ、どのような形で取り込まれることとなったか、高沢はまるで気づいていなかったのだが、高沢の運転手を務めていた加藤蘭丸《かとうらんまる》という若い組員を唆し、櫻内の命を狙《ねら》わせるといったことにも関与している疑いがあり、真相を知るために櫻内は神部奪回を命じたと高沢は認識していた。

神部を疑っていた高沢は彼を罠《わな》にかけようとしたのだが、気づいた神部が暴走し、交通事故を起こした上、本人は重傷を負って今、警察病院に入院中という状況だった。

峰であれば一日二日で神部を連れてきそうなものだが、手こずっているのかもしれない。

何も知らされていない早乙女や三田村《みたむら》ら、『チーム高沢』の面々は、突然のリーダー不在にてんやわんやといった状態だった。というのもお披露目成功の結果、高沢は二次団体、三次団体の公式の場に組長と共に招待される機会が増えたためである。

対応のためにチームには多大な負荷がかかるようになった。こういうときに最も頼りになるのは峰だというのに、不在とはどういうことかと、早乙女だけでなく三田村や運転手の青《あお》木《き》もまた、不満を抱《いだ》いているのが高沢にも伝わってきた。

「だいたい、組長直々《じきじき》の用件っていうのも気に入らねえ。なんだって組長は峰ばっかり重用するんだよ。本当に気に入らねえ。ついこの間だって組長の命令で大阪に行ったばかりじゃねえか」

エンドレスで続く早乙女の文句を止められるのは、それこそ峰くらいなのだが、その峰が不在であるので自分がやるしかない。高沢は密かに溜め息を漏らすと、早乙女に声をかけた。

「早乙女、今日は義理ごとだったが喪服の用意はできているか？」

「当たり前よ。俺が忘れるわけないだろ」

不機嫌丸出しで言い返してきた早乙女だったが、

「それはそうだな」

と高沢が納得してみせると、一気に彼の機嫌は上向いた。

「わかってんじゃねえか。式服もやたらと数があったが、俺が今日に相応《ふさわ》しいのをめちゃくちゃ考えて選んだんだぜ」

得意げに胸を張る早乙女に高沢は、

「ありがとう」

と礼を言い、微笑《ほほえ》んだ。途端に早乙女の顔が真っ赤になり、あわあわした様子で言葉を発し出す。

「や、八木沼《やぎぬま》組長が服を贈ったって話が広まったら、どいつもこいつも服を贈ってきやがるんだよ。式服なんざもう十五着もあるんだぜ。そん中でも今日の義理ごとに相応しい服を選ぶって、そりゃ大変な作業だったってわけよ。今日、来る中で一番偉い奴《やつ》からの贈り物を身につけないとならねえだろ？」

いかに自分が苦労したかを延々と続ける早乙女の顔はまだ赤いままである。確かに苦労はしたのだろうから聞いてやるしかないかと高沢は諦《あきら》め、時折相槌《あいづち》を挟みつつ彼に向かい合っていた。

「失礼します」

そこに救いの主、三田村が現れ、やれやれ、と高沢は溜め息を漏らすと顔を彼へと向けた。

「どうした？」

「組長から言付かった今日の来賓のリストです。挨拶《あいさつ》が必要な人をピックアップしてあるとのことでした」

三田村の表情が堅いことに気づき、高沢は再び、

「どうした？」

と彼の顔を覗《のぞ》き込んだ。

「いえ……すみません。まだ強張《こわば》ってますよね、顔」

ほぼ蒼白《そうはく》な頬《ほお》を自身の手で撫《な》でながら、三田村が溜め息をつく。

「組長から直々に指示をいただくことなんて今までなかったですから。一週間経《た》ったとはいえまったく慣れません。峰はどうやっていたんだか……」

はあ、と深い溜め息を漏らした三田村の話を受け、早乙女がまた憤り出す。

「本当だぜ。峰の野郎、一体どこで何してやがるんだ」

ああ、話が戻ってしまった、と頭を抱えたくなるのを堪《こら》えると高沢は、

「リスト、見せてもらえるか？」

と話題をすっぱりと切るべく、三田村に手を差し伸べた。

「すみません、こちらです」

三田村はバツの悪そうな表情を浮かべ、数枚のリストを差し出してくる。愚痴《ぐち》ったことを反省しているらしい彼に、そうではないのだとフォローを入れねばと高沢は思ったが、上手《うま》い言葉が見つからず、せめて、と微笑み礼を言った。

「ありがとう。助かった」

「い、いえ……！」

三田村の顔がみるみるうちに赤く染まっていく。白から赤への変化の著しさに唖然《あぜん》としたせいで、高沢はつい、まじまじと彼の顔を見つめてしまった。

「おい、何やってんだよ」

早乙女が呆《あき》れた声を上げたため、視線を彼へと移す。

「早く着替えろよ。組長を待たせることにでもなったらどうするよ」

「ああ、そうだな。ありがとう」

早乙女の言うとおりだと高沢は頷《うなず》くと、そうだ、とリストを三田村に渡した。

「悪い。着替えている間、相手の情報を読み上げてもらえるか？」

「あ、そうですね。気が利かずすみません」

恐縮し謝罪する三田村に高沢は、その時間に読み上げてほしいと思ったものの、口にはしなかった。

「ええと……まずは今日の喪主、佐橋啓介《さはしけいすけ》。青柳《あおやぎ》組長の親戚筋だそうです。なので青柳組長も今日は参列予定とか。亡くなったのは奥さんで、二人目だそうです」

「へえ、一人目も亡くなってたとしたらなんだか怪しいな」

高沢のネクタイを結びながら早乙女が好奇心溢《あふ》れる声を出す。

「一人目は離別だ。滅多なことを言うな」

厳しい声で注意を飛ばした三田村に対し、早乙女は謝罪することなく肩を竦《すく》めると、八つ当たりとばかりに、着替えを終えた高沢を、

「早く座れよ」

と鏡の前まで引っ張っていき、肩を押さえつけるようにして座らせた。

「気をつけろよ。壁に耳ありだぞ」

三田村がまた、早乙女に注意を促す。鏡越しに高沢が見上げると、早乙女は口を尖《とが》らせ、

「だってよう」

と不満を述べ始めた。

「この忙しさだぜ？　自分でリーダーって言ってた峰がいない分、全部俺たちの負担になってるじゃねえか。愚痴くらい零《こぼ》させてくれよ。ただでさえ、組内の連中からの当たりがキツ

いんだからよ」

「そうなのか？」

早乙女の不機嫌さの理由は、峰の不在だけではなかったのか。初耳だ、と高沢は彼を振り返り、問い掛けた。が、すかさず三田村の反論が始まる。

「早乙女に対する当たりがキツいのは自業自得ですから。『チーム姐さん』にいることを鼻にかけているからですよ」

「かけてねえ！」

早乙女の怒声が響く。が、三田村はそんな彼に対し、

「仕度を急がないと組長を待たせることになるぞ」

と更なる注意を与えただけだった。

「チッ」

早乙女が舌打ちをし、高沢の髪を乱暴に梳《す》く。だが痛みを覚えた高沢が顔を顰《しか》めると、すぐに彼の手つきは丁寧になった。

「……これでいいだろ」

オールバックの変形のような額《ひたい》を出した髪型に仕上げ、軽く眉を整えると、早乙女は鏡越しに高沢を睨《にら》みつけるようにし、問うてきた。

「ああ。完璧《かんぺき》だ。ありがとう」

礼を言ったが、返ってきたのは舌打ちだけだった。

「早乙女！」

三田村が怒声を張り上げる。これ以上空気を悪くするわけにはいかないと高沢は三田村に、

「もう向かうことにしよう。リストの読み上げ、ありがとう」

と礼を言ったあと、早乙女にも改めて礼を言った。

「早乙女もありがとう。また宜《よろ》しく頼む」

微笑みかけようとしたが、早乙女はそっぽを向いてしまった。仕方がない、と高沢は彼へのフォローを諦め、三田村と共に車へと向かったのだった。

「早乙女の件は問題になっているのか？」

今のやり取りの感じだと、さほど気にしなくてもいいのかもしれないがと思いながらも、万一のことがあってはと案じ、歩きながら高沢は三田村に問い掛けた。

「高沢さんが気にするほどではないです。あれはなんていうか……かまってちゃんになってるだけでしょう」

三田村は呆れていることを隠しもせずにそう言い、肩を竦めた。

「早乙女は、峰が組長に特別扱いされていることをやっかんでいるんですよ。それで他の組員にやっかまれるような態度を取ってるんです。実際、早乙女と高沢さんとの付き合いは長いので、文句を言う組員はいません。早乙女の態度が度を超すことがなければこのままスル

ーされるかと」

「……ならいいんだが」

問題は、早乙女の態度か、と高沢は先程の早乙女との一連のやり取りを思い起こし、溜め息をつきそうになった。

ストレスを相当ためていそうだから、『度を超す』ことにもなりそうである。改善策は峰が戻ってくることだろうが、それこそ望めるものではない。

どうするか。詳しいことは説明せず、峰の不在は決して櫻内に重用されているからではないと説明したほうがいいだろうか。しかし早乙女がそんな説明で納得するとは思えない。

峰の帰りを待つ以外に道はないのか。力不足を自覚させられ、自己嫌悪に陥りそうになる。が、そんな場合ではなかったと高沢はすぐに自分を取り戻した。

「負担をかけて申し訳ないが、フォローを頼む」

御せる部分は自分でやるつもりではあったが、正直なところ、高沢自身がもう、いっぱいいっぱいという状態だった。

一般的な『姐さん』の役割がどのようなものかはわからないが、今、高沢の身にふりかかっているのは、組長である櫻内の公的なパートナーとしての役割であり、東日本一の規模を誇る団体の長たる櫻内が求められる公の場がやたらと多く、よって高沢が表舞台に引っ張り出されることが頻繁すぎるほどにある、という状況だった。

パートナーとしての役割をそつなくこなすためには、覚えることが多すぎた。他人どころか、自分自身にも興味が薄い高沢にとっては苦行ともいっていい学びであったが、投げ出すことはできないとなんとか踏ん張っているといった感じである。いつ何時、破綻してもおかしくはないが、それは避けたいと努力し続けているその理由がなんなのか、高沢自身、よくわかっていなかった。

「すみません、遅くなりました」

運転手の青木がしゃちほこばって開けてくれていた後部シートのドアから中を覗き込み、既《すで》に座っていた櫻内に謝罪する。

「…………」

櫻内は鷹揚《おうよう》に微笑み、来い、というように手を差し伸べてきた。その手を取ると、ぐい、と引かれ、櫻内の胸に倒れ込む。

「リストは読んだか？」

高沢が手に持っているのをちらと見やると、櫻内は黒曜石のごとき美しい瞳を笑みに細め、唇を寄せてきた。

「まだ全部は……」

「なら今、口頭で教えてやる」

そう告げた直後、櫻内の唇が高沢の唇を塞いだ。

「ん……っ」

不意打ちのキスに目を見開いた高沢を見て、櫻内が瞳を細めて微笑み、尚《なお》も深くくちづけてくる。

きつく舌をからめとられてようやく高沢は、自分が置かれている状況を把握し、慌てて櫻内の腕の中で抗《あらが》った。

「ん？」

顔を背けキスから逃れようとする高沢の頬を掴《つか》み、櫻内がそれを阻止しつつ問い掛けてくる。

「なんだ？」

「こ、口頭で教えてくれるのでは？」

キスではなく、となんとか抗議すると、櫻内は、ふっと笑い、再び唇を寄せてきた。

「してるじゃないか」

「これでは何も頭に入らない」

「真面目《まじめ》だな」

言い合いをしている合間にも、櫻内はチュ、チュ、と唇を重ねてくる。

「だから……っ」

粗相をすることにでもなったらどうするんだと、高沢は櫻内の胸を押しやろうとしたが、その手を摑まれ、つい、恨みがましい目を向けてしまう。

「そう思い詰めることはない。お前は気を遣うほうではなく遣われる立場だ。お前が顔色を窺《うかが》わなければならない相手は今日の席にはいない。強《し》いていえば俺くらいか」

櫻内は笑顔でそう告げたあと、高沢が把握しきれずにいるのを見て苦笑し、言葉を足した。

「最後は冗談だぞ?」

「……最後だけ……?」

冗談は、と首を傾《かし》げた高沢を見て、櫻内がやれやれというように溜め息を漏らす。

「気負う必要はない。リストを用意したのはあくまでも参考までで、頭に叩《たた》き込《こ》めなどという指示を出した覚えはないぞ」

櫻内の眉間に縦皺《たてじわ》が寄る。言付かった三田村に注意でもいったら気の毒すぎる、と高沢は慌てて口を開いた。

「いや、俺がきちんとしたいと思っているだけだ。その……姐さんとして」

口に出すとやはり、抵抗を覚える。羞恥《しゅうち》というより、『おこがましい』という思いのほうが強いからだろう。

お披露目をしたのだから、世間的には自分は『姐さん』の立場にいるとはわかっているが、その名称に相応しいとは到底思えない。

それならせめてアラが見えないように注意したい。それだけなのだ、と高沢は己の気持ちを伝えようとしたが、それより前に櫻内に抱き締められてしまった。

「気負っているお前も可愛《かわい》いぞ」

「可愛いわけがない」

自分と『可愛い』という表現との間にどれほどのギャップがあることか、と吐き捨てた高沢の唇をまた、櫻内がキスで塞ぐ。

「ん……っ」

車の中で悪戯《いたずら》をされることは今までもよくあった。とはいえ、今、運転手を務めるチームの青木は不慣れであるので、事故でも起こさないか心配となる。

高沢の頭にふと、更にえげつないことをされていたかつての車内の光景が蘇《よみがえ》った。運転席の神部や助手席の早乙女が見て見ぬふりをしているのがわかり、いたたまれない思いをした。身体《からだ》を強張らせていた神部のバックミラー越しに見えた目。あの目で見た情報を彼は一体誰に流していたのだろう。

と、不意にキスが中断され、高沢ははっとし、すぐ近くで己を見下ろす櫻内を見上げた。

「考え事をするなんて、余裕じゃないか」

揶揄《やゆ》する口調であることにほっとする。未だに記憶とそして身体にも、櫻内の逆鱗《げきりん》に触れたときに受ける性的な『仕置き』がしみついていることを自覚し、高沢はなぜか落ち着かない気持ちになった。櫻内の瞳の影がゆらいだことに気づいたせいもある。

「あ……」

何か言わねばならない気持ちになったが、相応しい言葉は何も思いつかず、口を開いたものの絶句する。と、櫻内は、ふっと笑ったかと思うと、高沢の背から腕を解いた。

「その件に関しては進展があった。詳しくは戻ってからだが」

「え？」

いつもながら、自分の頭の中を正確に読む櫻内の慧眼《けいがん》に唖然となる。一体どういう進展が、と聞きたかったが『戻ってから』とのことなので聞くことはかなわないかと諦めた。

「ねだらないのか」

またも心を読まれ、高沢は櫻内を見た。

「ん？」

櫻内が美しい瞳を細め、微笑んでみせる。

「……ねだれば話してくれるのか？」

問い掛けながら高沢はちらと運転席の青木を見やった。聞き耳を立てているのがあからさまにわかる。

「……いや、やっぱりいい」

青木を信用していないわけではない。だが、神部についても高沢は疑ったことがなかった。だから、というよりは、この車中で知り得たことが流出した場合の、青木が負うことになるリスクを考えたのだった。

「そうか？」

くす、と櫻内が笑い、ちらと運転席を見やる。すべてお見通しだなと高沢はほとほと感心すると、改めて櫻内に確認を取った。

「今日、本当に気遣うべき相手はいないのか？」

「ああ。すぐ失礼するしな」

櫻内は頷くと、意味深な言葉を続けた。

「意外な再会があるかもしれない」

「え？」

誰と？　と高沢は目を見開いたが、櫻内の表情を見るに、こちらの情報はたとえ、ねだったところで伝える気はなさそうだと察した。

「わかってきたじゃないか」

それも櫻内に読まれ、予想していたとはいえ凄《すご》いなとほとほと感心する。そんな高沢を見て櫻内は、

「本当に可愛いぞ」

と吹き出し、櫻内にとっての『可愛い』の概念は自分とは違うのだろうかと、高沢は首を傾げることとなったのだった。

通夜は杉並の堀之内にある葬祭場の一番広い部屋で行われていた。葬祭場の周囲には警護役と思われる黒服の男たちがずらりと並んでおり、櫻内と高沢が通るたびに深く頭を下げて寄越す。高沢もまた頭を下げ返そうとしたが、櫻内に背を促されて足を進めるしかなくなった。

読経は既に始まっており、焼香の列もできていた。櫻内のためにその列が左右に割れたが、櫻内は首を横に振り、列の最後についた。高沢がその横に立つ。

周囲に物凄い緊張が流れるのがわかった。列に並ぶことで逆に気遣われることになったのではと高沢は案じたのだが、櫻内は涼しい顔で焼香の順番を待っていた。

焼香の際、遺族席にいた喪主が慌てて立ち上がり、櫻内に頭を下げた。櫻内はそんな彼に一礼し、続いて遺影にも頭を下げた。高沢もそれに倣う。

いつの写真であるかは不明だが、遺影は気の強そうな美女で、早世とは縁遠そうに見えた。どういう亡くなり方をしたのかという好奇心が珍しくも高沢の心に芽生えたものの、それを満たそうとするほどの興味を抱くことはなく、焼香を終えた。

式場を出たところで、黒服の一人が櫻内に近づき、お清めの席へと案内しようとした。

「申し訳ない。急用ができたので今日はこれで失礼する」

櫻内が短く答えるのを聞き、案内役が青ざめる。

「しょ、承知しました。今、組長……喪主に伝えてまいります」

遠路――というほどの距離ではないが、弔問に訪れたことについて充分な礼を尽くさねばと思ったらしい。

「いや、かまわない。非礼を詫《わ》びておいてくれ」

櫻内は鷹揚に笑ってそう言うと、「行くぞ」と高沢の背を促した。

『急用』と告げていたこともあって、これ以上の足止めのほうが失礼と判断したらしく、黒服が深く頭を下げる。と、そこに聞き覚えのある声が響いてきて、高沢の注意を攫《さら》った。

「櫻内組長、そして高沢さん。お会いできてよかったです」

この美声の主がこの場にいることは、前情報から推察できた、と高沢が見やった先、最近東北の雄となったとされる青柳和馬《かずま》組長が笑顔で佇《たたず》んでいた。

「不謹慎ながら、お二人の喪服姿に見惚《みと》れてしまいます」

そう告げる青柳こそ、黒い服装が男ぶりを上げていた。そう返すことができるほど器用ではない高沢は居心地の悪さから俯《うつむ》いたのだが、櫻内は慣れたものなのか笑顔のまま、

「今日はこれで失礼させてもらうつもりだ」

と青柳に告げ、ちらと彼を見やった。

「声をかけさせていただいてよかった。お清めの席でと思っていたのですが、二分ほど、今、お時間をいただけますか？」

青柳もまた笑みを浮かべたまま、櫻内に問い掛ける。その表情には微かに緊張が滲《にじ》んでおり、青柳にとっても櫻内はやはり脅威の対象なのだなと高沢は改めて察した。

「ああ、かまわない」

櫻内は彼にも鷹揚に微笑み頷くと、「こちらです」という青柳の導きのあとに続いた。高沢も当然、彼を追う。

青柳が二人を連れていったのは、彼が乗ってきたと思われる車だった。黒塗りのドイツ車の窓にはスモークが張られていて、中は見えない。

と、青柳が助手席の窓を軽くノックした。助手席のドアが開き、一人の男が車から降り立つ。

「！」

まったく予想していなかった人物の登場に、高沢は息を呑《の》み、その場に立ち尽くした。

「お……お久しぶりです」

おどおどした様子で、櫻内と高沢に深く頭を下げてきたのは、以前、高沢の運転手役を務めていた加藤蘭丸だった。早乙女が可愛がっていた若手で、ある事情から青柳が預かることとなったのだが、再会できる日はまだ先になるかと思っていた。下手《へた》をすると二度と会うことはないのではとまで思っていたのに、と高沢はまじまじと蘭丸を見つめた。視線に気づいたのか蘭丸は顔を上げたが、高沢と目を合わせることなく俯く。

痩《や》せた、というより窶《やつ》れたと感じる。早乙女が気に入っていた綺麗《きれい》な顔は、以前は子供っぽい印象を受けるものだったが、今はどちらかというと大人びているように見えた。

苦労しているということか、と尚も顔を見つめていた高沢に、青柳が笑顔で声をかける。

「そう見つめないであげてください。せっかくすませた調教が無駄になってしまっては元も子もありませんから」

「……っ」

『調教』という単語の生々しさに、高沢は思わずまた息を呑んだ。気配を察したのか、蘭丸もびくく、と身体を震わせる。

「悪いな。コレは自覚が足りないもので」

櫻内が苦笑し、青柳に告げたあと、「そこがまた魅力なのでしょう」という彼に頷き、視線を蘭丸へと向け、口を開く。

「それで？　彼が何を教えてくれると？」

「あ……っ」

櫻内の声を聞いた瞬間、蘭丸は傍目《はため》にもわかるほどに青ざめ、いきなりその場で突っ伏した。

「も、申し訳ありません……っ」

土下座をする彼を見下ろす櫻内の目は冷たい。

「勿論《もちろん》、謝罪のために連れてきたわけではありませんので。蘭丸、立て」

青柳は平静さを保っているように見えたが、こめかみのあたりが痙攣《けいれん》している。張り詰めた空気の中、蘭丸が飛び起き、縋《すが》るような目を青柳に向けた。

「報告を」

青柳がにっこりと微笑み、そう告げる。

「は、はい。神部から昨日、連絡がありました」

「なんだって⁉」

衝撃を受け、高沢が思わず声を上げる。蘭丸は反射的に高沢を見やったが、そのときの彼の顔は泣き出しそうだった。

一瞬目が合ったが、すぐに蘭丸は目を伏せる。このあと彼の口から何が語られるのかと、高沢は固唾《かたず》を呑み再び蘭丸が口を開くのを待ったのだった。

「蘭丸が以前使っていた携帯電話は私が預かっているのですが、そこに神部から連絡が入ったのです」

緊張で上手く喋《しゃべ》れないことを見越したらしく、青柳が蘭丸をちらと見やったあと、淡々と説明を始めた。

「公衆電話からでした。場所は都内。その後連絡を待ったのですが今のところかかってきていません。これが留守番電話に残っていたメッセージです」

そう告げ、青柳はポケットから加藤のものと思われるスマートフォンを取り出し、留守番電話をスピーカーで再生してみせた。

『蘭丸……助けてくれ……っ』

電話はすぐに切れた。青柳の説明は続く。

「解析した結果、建物内ではなく路上の電話ボックスであることがわかりました。警察病院を逃げ出したか否かの確認を取ろうとしましたがその前に……」

「神部の死が判明した」

青柳の言葉を櫻内が遮る。

「えっ」

さらりと告げられたが衝撃的すぎる、と高沢は思わず櫻内を見やった。櫻内が高沢を見て、にっと笑う。

「今日はすぐ帰ると言っただろう?」

「……わかっていたのか……」

高沢の呟《つぶや》きと青柳の感嘆の声が重なって響く。

「……いや、既にご存じであろうとは思っていましたが……さすがです」

「そっくりお返ししよう」

櫻内は笑ってそう言うと、高沢へと視線を向けた。

「帰るぞ」

「二分以上かかってしまいましたね。申し訳ありません」

青柳が言葉どおり、恐縮してみせる。

「いや。情報提供に感謝する」

櫻内は笑顔で謝罪を退けると、踵《きびす》を返した。

「ありがとうございました」

まだ思考が追いついていないが、あとを追わねば、と高沢は青柳に礼を述べ、頭を下げた。

「また東北にもお越しください」

青柳が笑顔で声をかけたあと、ちらと蘭丸を見やる。視線を追い、高沢も彼を見やったが、相変わらず俯いており目線が合うことはなかった。

「元気で」

言葉をかけていいのかわからなかった。が、窶れ具合は気になり、ついそう告げてしまっていた。青柳に苦笑され、やめておいたほうがよかっただろうかと案じたが、無言の蘭丸の代わりに青柳に礼を言われ、気にしながらもその場をあとにした。

車に乗り込むと高沢は、櫻内と会話を試みようとした。が、やはり青木や助手席のボディガードに聞かれていい内容とは思えず、言葉を選ぶべく思考を巡らせた。

「何か言われていたな」

と、櫻内から高沢に声をかけてきて、高沢ははっとし、彼を見やった。

「あ……また東北に来てください、と」

社交辞令を言われただけだと返した高沢に向かい、櫻内が手を差し伸べる。

「秋保《あきう》温泉だったか。また訪れるのもいいな。いい湯だった」

そう思わないか？　と問われ、高沢は半ば唖然として目の前に出された櫻内の手を見やった。

「どうした？」

「いや……その……」

神部の死を聞いて自分はショックを受けた。櫻内は既に知っていたが、ショックは受けなかったのだろうか。まず、誰が殺したかということが問題になると思われるが、誰かということもわかっているのか。

もしやそれは——高沢の頭に浮かんでいたのは、櫻内に神部を連れてこいと命じられた峰の顔だった。

と、櫻内の手が伸び、高沢の手を摑む。

「あ……」

結果として放置してしまっていた、と高沢はそれを詫びようとした。が、それより前に櫻内が告げた言葉を聞き、再び愕然としてしまったのだった。

「峰が帰ってきているはずだ。共に話を聞くことにしよう」

「わ……かった」

歌うような口調からは、少しのマイナス感情も読み取れない。と、そのとき、運転席の青木が安堵《あんど》の息をついたのが高沢の耳に届いた。峰の帰還にほっとしているのは、早乙女にあたり散らされていたからだろう。

峰は果たして、どのような話をするつもりなのか。神部の死に彼はかかわっているのか。

何より、重態の神部がなぜ、病院の外に出ることができたのか。蘭丸に救いを求めたその理

由は。

すべての答えを峰が握っているのだろうか。いつしか俯いていた高沢は、櫻内にぎゅっと手を握られ、はっとして彼を見た。

「眉間に皺が寄っているぞ」

くすりと笑ってみせた櫻内が身を乗り出し、高沢の額に唇を近づける。自然と目を閉じ、額へのキスを受け入れていたことに気づいたのは、櫻内にまた、くす、と笑われたからだった。

「いい傾向だ」

上機嫌になった櫻内が、高沢の額に音を立ててキスをする。またも車内に緊張感が漂うのを肌で感じながら高沢は、帰宅後に待ち受けているとされる峰との対話を予測し、ますます落ち着かない気持ちになったのだった。


まずは喪服を脱いでこいと櫻内に言われ、高沢は自室へと戻った。

「峰の野郎、こっちに顔も出さねえんだぜ。むかつくよな」

峰が戻っていることは既に早乙女の耳にも入っていたようで、不機嫌全開の状態で待たれていたが、高沢は、組長を待たせるわけにはいかないと櫻内を盾にし、彼の愚痴を押さえ込んだ。

喪服を脱ぎ、普段着というには少し改まったシャツとスラックスに着替え、急いで櫻内の私室へと向かう。高沢が着替えている最中に、三田村がやってきてその旨を伝えてくれたのだが、既に峰が櫻内の部屋に通されていると知り、櫻内の身の安全は図れているのかと、それで高沢は焦っていたのだった。

勿論、櫻内が峰に不覚を取るとは思ってはいない。だが、峰も凡庸な男ではないことを知っていた。廊下を駆け抜け、櫻内の部屋の前に到着すると高沢はノックをし、返事を待たずにドアを開いた。

「そうも焦る必要はなかったのに」

櫻内が苦笑し、高沢を迎える。よかった、無事だったと安堵したのも束の間《つかま》、床に正座をしていた峰の姿が目に入り、高沢はぎょっとして彼を見た。

「ドアを閉めろ。そして峰、パフォーマンスは結構だ」

最初の指示は高沢に向けられたもので、高沢はドアを閉めると、顔面蒼白の状態で立ち上がろうとする峰を見ながら二人に近づいていった。

「パフォーマンス?」

謝罪は本心ではないと思っていると、そういうことかと、高沢が櫻内に問う。と、峰は焦った様子で激しく首を横に振った。

「誤解です。誓って嘘《うそ》は言っていません。本当に神部を病院から連れ出すところまでは成功したんです。勿論、結果を伴わない言い訳は見苦しいとわかっています。ただ、信じていただきたいんです。俺は決して神部を殺す手助けはしていないと……！」

必死の形相で訴えかける峰が、命の危険を感じているのは明白だった。一方櫻内は、と彼へと視線を移した高沢は、何の感情も読み取れない端整なその顔を見て、峰と同じ危機感を抱いた。

「何があったんだ？」

まずは事実確認。峰が何をしたのかを説明してもらう。虚偽の申告か否かは聞いてみないことにはわからないと、高沢は峰に問い掛けた。

「裕之は優しいな」

やれやれ、と櫻内が聞こえよがしに溜め息をついたあとに、座れ、というように目でソファを示す。高沢が座った横に櫻内が腰を下ろしたが、峰に対しては座ってよしという許可を与えなかったため、彼は立った状態で話し始めた。

「神部を連れ出すのに時間がかかったのは、彼の容態のためでした。思いの外怪我が重く、病院の外に連れ出すことが物理的に不可能だったんです」

峰がぽつぽつと語り出す。相変わらず緊張感は溢れていたが、話を聞いてもらえることに多少は安堵したらしく、筋道を立てなければという気遣いもできるようになっていた。

「昨日、ようやく目処《めど》が立ったので、神部を病院から連れ出すことに成功しました。神部もこのまま警察の手の中にいることをよしとしていませんでしたから、俺の誘いに乗ったんです。自力で病院から出られるほど回復はしていなかったので」

「神部は何を恐れていたんだ？　まさか逮捕じゃないよな？」

疑問を覚え、問い掛けた高沢に峰が答える。

「彼が恐れていたのは組長だと思います。裏切りがバレたので……。それで一刻も早く、通じていた組織と接触を試みようとしたんじゃないかと思われます」

峰はそう告げたあと、はっとした顔になり頭を下げた。

「申し訳ありません。これは俺の推察で事実とは言い切れません」

「……それで？」

今の言葉は櫻内に対するものだと思われたが、櫻内の反応がないため、高沢はかわりに話の続きを促した。

「はい……それから……」

峰の額に脂汗が滲んでいる。未だ緊張の真《ま》っ直中《ただなか》にいながらも彼は、時系列に従った説明を続けた。

「リネン類の搬出口から外に出て身を隠させ、そこに車を回したのですが、その僅かな時間にいなくなりました。自力で逃げ出したとは思えません。肩を貸さないと歩けないというのは演技ではなかったと断言できます。何者かに連れ去られたことは間違いないはずなんです」

次第に峰の口調がヒートアップしてくる。一方、櫻内は相変わらず無表情のままだった。高沢の中でも緊張が増していく。

「神部が行方不明《ゆくえふめい》になったことはすぐに警察に知られることとなりました。幸い、連れ出したのが俺であるとは、その時点ではバレていなかったため、一緒になって捜索をし——死体になっている彼を晴海埠頭《はるみふとう》で発見しました」

ここまで喋ると峰は、ちらと櫻内と、そして高沢を窺った。やはり無言のままの櫻内の沈黙に耐えかね、高沢が問いを発する。

「犯人について、警察は？」

「菱沼組の報復を疑う声が上がりましたが、俺が否定したので、神部を取り込んだ組織の口封じではないかという方向に捜査は向きそうです」

「お前が連れ出したことがバレれば、ウチが疑われるんじゃないか？」

ということは、と高沢が指摘すると峰は少し考えてから、溜め息を漏らした。

「バレる可能性は低いと思いますが、確かにバレた場合には報復とみられるでしょう」

「対立組織について、警察はどのくらい摑んでいるんだ？」

櫻内が得ている情報以上のものを握っているとは思えないが、と高沢が問うと、峰は、

「さっぱりだ」

と首を横に振ったあと、はっとし、口調を改めた。

「失礼しました。今のところは何も。国内組織であればまだしも、もし大陸や香港《ホンコン》マフィアであった場合、ほぼ情報は得られていないというのが現状です」

「………」

実際のところ、神部を連れ去った上で殺したのは、彼を取り込んだ団体ということで間違いないのだろうか。高沢は考え込んでしまっていた。

彼らはずっと神部を見張っていて、病院の外に出た瞬間に彼を襲った。普通に考えたら、神部の口から自分たちの正体が知られるのを避けようとしたのだろうが、果たしてそれで正解なのか。

「警察も神部を殺した犯人の捜査にかなりの人数を割いています。警察の情報を得つつ、三日……遅くとも一週間以内には、確実に犯人を見付けてみせますので……もう一度……もう一度チャンスを……！」

峰が勢いよく頭を下げる。それに対しても櫻内の反応はなく、峰は頭を下げ続けていた。

「……どうする？」

頭を上げてよし、と自分が言うわけにはいかないと、高沢は櫻内に問い掛けた。櫻内が高沢へと視線を向け、問うてくる。

「お前はどうしたい？」

「俺は……」

高沢は目の前で未だ頭を下げ続けている峰を見やった。峰は身じろぎもせず、高沢の言葉を待っているように見える。

実際に神部が殺されている以上、峰の話が嘘とは思えない。櫻内が神部を連れて来いと命じたのは、神部の口を割らせるためだと思われるが、もうそれはかなわなくなった。なら峰の言うとおり、神部を殺害した犯人を見つけ、そこから彼を取り込んだ団体を辿《たど》っていくしかないように思える。

小さく頷くと高沢は、櫻内を見つめ口を開いた。

「峰の言うチャンスを与えてもいいのではないかと思う」

「峰を信じられるというんだな？」

櫻内が少し驚いたように目を見開く。

「え？」

峰への信頼が高いのは櫻内のほうだと思ったのだが、と高沢は意外さからつい、声を上げてしまった。

「どうした？」

櫻内が苦笑めいた笑みを浮かべつつ、問い掛けてくる。

「いや……峰を買っているんだよな？　あなたは」

だからこそ、逆スパイを命じたわけで、と確認を取った高沢の言葉を聞き、櫻内が楽しげに笑う。

「ああ、そうだった。裕之には峰のことで嫉妬されたんだったな」

「な……っ」

いきなり何を言い出すのか。頬に血が上るのがわかり、高沢は思わず櫻内を睨んだ。

「忘れたのか？　可愛く拗《す》ねていたじゃないか」

「可愛くない」

また『可愛い』だと、尚も睨んだ高沢に対する櫻内の揶揄は止まらない。

「『拗ねていた』ことは否定しないんだな」

「……そんなことよりも」

羞恥が募ってきたこともあったが、峰の頭に血が上るのではと、それも気になり高沢は櫻内に確認を取った。

「峰にチャンスを与えるのでいいんだな？」

「チャンスになるか否かは本人次第だがな」

櫻内の言葉を聞き、峰の身体がびく、と震える。

「パフォーマンスはいらんと言ったはずだがな」

高沢に対する声音とはまるで違う、冷徹さを感じさせる物言いに、峰ははっとしたように顔を上げたあと再度深く頭を下げた。

「大変申し訳ありません」

そうしてすぐに顔を上げた彼をちらと見やってから、櫻内が口を開く。

「神部が加藤蘭丸に連絡を入れた」

「えっ？」

初耳だったらしく、峰は驚きの声を上げたが、櫻内の視線を浴び慌てて謝罪した。

「失礼しました。なんというかその……」

意外すぎて、と口ごもる峰に対し、櫻内が淡々と言葉を続ける。

「路上の電話ボックスから助けを求めてきたそうだが、神部に単独歩行が難しいとなると、本人の意志でかけたのか、それともかけさせられたのかが気になる」

「……神部は歩けなかったはずです……」

赤かった峰の顔はみるみるうちに青ざめていった。

「だとすると奴らが次に接触を求めるのは加藤の可能性が高い。青柳組長の手を煩わせるのも悪いからな。すぐに向かってくれ」

櫻内はそれだけ言うと、行け、というように顎《あご》をしゃくった。

「……かしこまりました」

峰が珍しくしゃちほこばった態度で返事をし、一礼してから部屋を出ていこうとする。このまま彼を去らせていいのかと、高沢の中で焦燥が募り、意を決した彼は櫻内に訴えた。

「峰と少し話してもいいか？」

「…………」

櫻内の頬がぴく、と震える。瞳に怒りの焔《ほむら》が立ち上ったのがわかり、高沢は叱責と、そして仕置きを予感し、ごくりと唾《つば》を飲み込んだ。が、次の瞬間には櫻内の頬には笑みが浮かび、頷いてみせる。

「お前の好きにするといい。俺は外したほうがいいのか？」

「いや……別に……」

てっきり不快にさせたと思ったが、違ったのだろうか。戸惑いを覚えた高沢だったが、櫻内がすっと立ち上がったのを見て、勘違いなどではないと自覚したのだった。

「先に寝室に行っている」

一言残し、部屋の奥、寝室へと通じる扉へと向かっていく。後ろ姿を目で追っていた高沢は、彼の背がドアの向こうに消えたと同時に、思わず息を吐いていた。

「……勇気あるな」

峰もまた詰めていた息を吐き出したあとに、高沢にそう声をかけてくる。

「それより、神部の死について教えてくれ。本当に犯人に心当たりはないのか？」

峰の態度が普段のものに戻ったこともあり、高沢は峰に座るよう目で促すと彼もまた普段通りの口調で問い掛けた。

「ないし、正直、ショックを受けた。神部を連れ出す計画は完璧だったはずなのに、まさか連れ去られるとは。ほんの一瞬の隙を突いてだぞ。こんな失態、今までしたことがないというのに……」

落ち込んでいる様子に嘘は見られない。櫻内の信頼度が高い峰らしい台詞《せりふ》だ、と高沢はつい、まじまじと彼を見てしまった。

「なんだ？」

「いや、優秀な人間の言葉だと思っただけだ」

嫌みでもなんでもなく感じたままを言ったと峰もわかったのか、苦笑したあと肩を竦める。

「エスに指名されただけのことはあるってか？」

「その辺りの話も聞きたかったんだ」

実は、と告げた高沢に峰が、へえ、という顔になる。

「興味を覚えてくれて嬉《うれ》しいが、たいした話はないんだ。残念ながら」

「手を挙げたわけではなく、指名されたのか」

一体いつ、と聞こうとした高沢に峰は淡々と答えてくれた。

「ああ。指名だった。手を挙げてエスになるやつなんているのかな。藤田《ふじた》も指名だと思うぞ。

まあ、見込み違いだったわけだが」

日本最大の組織、岡村組《おかむらぐみ》に潜入させるのには、と冷笑を浮かべた峰を見て高沢は違和感を覚え問い掛けた。

「エス同士、連携したりはしないのか？」

「ああ、エスであることは警察内の人間誰にも明かさないからな。エス同士も然《しか》りだ」

「……藤田をエスだと売ったのは峰だったよな？」

高沢の覚えた違和感はそこだった。連携はしないまでも足を引っ張るようなことはしないのではと考えたのだが、そんな高沢に峰は、珍しいものを見るような視線を向けてきた。

「一匹狼《おおかみ》だったお前の言葉とは思えないんだが」

「え？」

咄嗟《とっさ》に意味がわからず目を見開いた高沢を見て、峰が笑って肩を竦める。

「ああ、でもお前は、保身のために相手を蹴落とすようなことはしないか。俺とは違って」

「……ということは……」

峰は『した』ということだろう。察した高沢に対し、峰が再度肩を竦める。

「櫻内組長の目を晦《くら》ますにはそのくらいのことをする必要があった……というのは言い訳だ。更に言い訳をすると、藤田がエスであることは既に、岡村組でも知られていた気配があったからな」

「……八木沼組長は確かに、知らせるより前に気づいていたな」

確かに、と頷いたものの、未だ違和感を抱いていたのがわかったのか、峰が頭を掻《か》きながら言葉を続ける。

「藤田がああもお前に対抗意識を燃やさなかったら、俺だって自重したさ。エスとしての任務よりお前に勝つことに必死になっていたんだから」

見込み違いというのはそこだ、と告げたあと峰は、ふと言葉を途切れさせ、高沢をまじまじと見やった。

「なんだ」

「いや……」

言い淀《よど》んだが、すぐに思い切りをつけたらしく、軽く咳払《せきばら》いをしてから問い掛けてくる。

「……本当にお前はエスではないんだな？」

「違う」

まだ疑っていたのかと、高沢は呆れてしまった。

「エスかと聞いて、そうだと答える奴はいないとはいえ、お前に腹芸はできないだろうから、本当なんだろうな」

悪い、と峰が苦笑する。

「エスでもなければ、菱沼組内で生きていかれないのではと思っていたんだ。まさか組長の寵愛《ちょうあい》のためだとは想像もつかなくて」

「…………」

『寵愛』という言葉に揶揄の響きは欠片《かけら》ほども含まれていないのがわかり、高沢は逆に落ち着かない気持ちとなった。

「その顔がそそるんだろうな」

今度はからかっているのがわかり、高沢は峰を睨んだが、ふっと笑われたのを見て、敢《あ》えてかと察した。

「藤田ももしかしたら疑っていたのかもしれない。俺と同じく、保身のためにお前を売ろうとして近づこうとした、という可能性はゼロじゃない。とはいえ、最後は本気でお前に勝とうとしていたが」

峰はそう言うと、ニッと笑い高沢の顔を覗き込んできた。

「お前にはそういうところがあるのかもしれないな」

「そういうところ？」

どういうところなのかがわからず問い返した高沢に、峰が答える。

「相手の本性を引き出す何かがあるってことだ」

「俺に？」

何一つ、思い当たることがない。戸惑いの声を上げたあと、冗談か揶揄だったのかと眉を顰《ひそ》めた。

「自覚がないからこそなんだろう」

その顔を見て峰は、なんともいえない表情でそう告げたあと、ふう、と小さく息を吐いた。

暫《しば》しの沈黙が二人の間に流れる。

「……本当に二重スパイになるのか？」

問いながら高沢は、たとえそのつもりがなくても自分に対しては『なる』としか答えようがないだろうと、心持ち首を傾げた。

「それしか生きる道はないからな」

口調はふざけたものだったが峰の表情は真剣だった。

「とはいえ、警察にはすぐにバレるだろう。まあ、バレたところで命を取られることはないのが救いだ。せいぜい、警察を辞めることになるくらいだろうが、そうなった場合、組長が俺を組に受け入れてくれるかどうか……どう思う？」

峰が真っ直ぐに高沢を見つめ、問うてくる。

「……どうだろうな」

高沢にはまるで予想がつかなかったために そんな答えとなったが、あからさまに落胆した様子となった峰を見ては何か言わねばという焦燥感が芽生えた。

「組長はお前を高く評価しているから、悪いようにはしないと思う」

「気遣いができるようになったとは……お前も本当に変わったよな」

しみじみと峰はそう言うと、リアクションに迷い固まっていた高沢の肩を叩いた。

「おっと、気易《きやす》く触るなとどやされるな、これは」

そう言い、慌てて手を引いた峰の顔には笑みがあった。

「なるようにしかならないと腹を括《くく》るよ。色々、悪かったな」

峰はそう詫びたあとに、あ、と何かを思いついた顔になった。

「今の謝罪は、気を遣ってもらったことに対してだ。信じてもらえないだろうが、お前のことは殆《ほとん》ど警察には報告していない」

「…………」

謝罪の意味を間違えるなということだろうが、そもそも、高沢は何を謝られたのかがわかっていなかった。それでまたその場で固まってしまったのだが、そんな彼を見て峰は、はっきりと苦笑した。

「いや……本当にお前は可愛いよ」

「お前までなんだ」

最近は『可愛い』と揶揄することが流行っているのかと高沢が睨むと峰は、

「褒め言葉までかぶるとは。これもまた、どやされそうだな」

と朗らかに笑ったあと、ああ、とまたも何か思いついた表情を浮かべ、口を開いた。

「チーム姐さんのリーダーは、三田村にかわってもらったほうがいいな。彼と話す時間はなさそうだから、悪いが伝えてもらえるか？」

「わかった」

三田村の顔が強張る機会が増えるに違いない。同情しつつ頷くと峰は、

「早乙女も煩《うるさ》そうだが、まあ、そっちも頼む」

と片手で高沢を拝んだ。

「……そっちのほうが大変だ」

また荒れることだろうと溜め息を漏らした高沢に峰は申し訳なさそうにしながら、

「特命の任務じゃなくて、ペナルティだと言ってくれていいから」

と、早乙女を宥《なだ》める術《すべ》を教えてくれた。

「あまり長時間になっても組長に申し訳ないから」

それじゃ、と峰が立ち上がる。高沢も立ち上がり、ドアまで送ろうとすると、峰は、いいよ、というように首を横に振った。

「何か掴んだら即、報告する」

「ああ、頼む」

頷いた高沢に峰は笑顔を向けると部屋を出ていった。

高沢は閉まったドアを暫し見つめていた。頭の整理が今一つついていない。峰が吹っ切れ

ているのがわかっただけでもよしとするか、と溜め息をつくと、櫻内の待つ寝室へと向かった。

「終わったか」

櫻内は既にシャワーを浴び終えていた。結構時間を取ってしまったようだと気づき、高沢はそれを謝罪すべく頭を下げた。

「申し訳ない」

「何がだ？　これから峰の命乞いでもするつもりか？」

微笑みながら櫻内が、来い、というように手を差し伸べてくる。

「……ああ、そうか」

その発想はなかった、と高沢が思わず呟くと、櫻内はぷっと吹き出し、己の手を取った高沢を胸に抱き寄せた。

「てっきり峰に頼まれたのかと思ったが、違ったようだな」

「頼まれはしなかった」

不安そうにはしていたが、あれが命乞いだったのだろうか。そうは見えなかったが、と首を傾げた高沢の頬を櫻内が両手で包む。

「峰は聡《さと》いからな。逆効果だとわかっていたんだろう」

「…………」

やはり櫻内の、峰に対する評価は高い。安堵していいはずなのに、羨望《せんぼう》と嫉妬が込み上げてくる己の心の狭さに、高沢は顔を顰めた。それを見て櫻内はまた噴き出すと、

「いい顔だ」

と満足そうに告げながら、未だ眉間に縦皺を寄せていた高沢の唇を獰猛《どうもう》なキスで塞いできたのだった。

3

峰が東北へと旅立ったあと高沢の中で、このまま漫然と過ごしていていいのだろうかという焦燥が芽生えてきた。

『姐さん』としての役割がなんであるかは未だにわかっていないが、せめて自分にできることで組の役に立ちたい。しかし自分にできることといえば、射撃の指導くらいだ。と、高沢は、峰の不在で精神的にも肉体的にも疲労度がたまっている三田村には申し訳ないと思いつつ、射撃練習を始めたいと申し出た。

「希望者が殺到するでしょうから、以前のように地下の練習場で、というのは難しいと思います」

姐さんになる前でさえ予定変更も頻繁にあったので、三田村の負担を増やすのは申し訳ない、と高沢は、それなら奥多摩で教えるのはどうかと思いついた。

「この日と指定し、特に予約は取らないようにすればどうだろう」

「そうですね……」

三田村が思案を始める。

「参加者を一次団体に絞り、二次団体三次団体に門戸を広げなければ、さすがにあそこがいっぱいになることにはならなそうですが……」

「日程は練習場のほうで組内に周知してもらうようにすればどうだ？　急な変更があった場合の対応も現地に任せるということで」

それなら三田村の負担も軽減されるのではという高沢の意図がわかったのだろう。三田村は感激した様子となり、高沢に深く頭を下げた。

「ご配慮ありがとうございます。私の力不足で申し訳ありません」

「いや、力不足と思ったことなどない。ただでさえ忙しいとわかっているのに、こちらこそ申し訳ない」

慌てて頭を下げ返した高沢を前に、三田村が恐縮する。

「姐さんが簡単に頭を下げてはいけません。顎で使ってくれるのでかまいませんので」

「本人が馴《な》れていないものを、俺が馴れるわけないんだよなあ」

横で見ていた早乙女がここで、にやにや笑いながら口を挟んできた。峰の不在にあれだけ荒れていた彼だが、その峰からの入れ知恵で、不在は組長にペナルティを科されたためと伝えたところ、嘘のように上機嫌となったのだった。

余程峰に対しストレスをためていたのか、もう帰ってこなくていいとまで言う始末で、機嫌が直ったのはいいが、これはこれでうざったい、と高沢は心の中で溜め息をつくと、早乙女へと視線を向けた。

「練習場との連絡窓口は早乙女、お前に頼めるか？」

「俺が？」

しかし仕事が増えるのは嫌なのか、文句を言おうとするのがわかり、高沢は彼の口を塞ごうと言葉を続けた。

「お前は暫《しばら》く練習場にいたこともあるし、適任だろう？」

「確かにいたけどよ」

あまりいい思い出はないんだよなと、早乙女が顔を顰める。

「悪い思い出もないだろう？」

「そりゃそうだけどよ」

ぶつぶつ言いはしたが高沢が、

「頼んだぞ」

と言うと、それ以上、不満は言わずに、

「わかったよ」

と頷いた。

「ありがとう。助かる」

やれやれ、と溜め息をつきたくなるのを堪え、高沢が微笑むと、早乙女は「よせやい」と赤い顔でそっぽを向いた。

「日程はいつにします？」

横から三田村が問うてきたのに、高沢は少し考えたあと、

「今週中に一回、やろうか」

と提案した。先々に予定すれば変更の可能性が高まる。直近であれば急用が入ることもあるまいと思ったがゆえだったが、それを聞いて早乙女が「げっ」と声を上げた。

「ならすぐに連絡しねえとな。焦るぜ」

先程とは一変して、やる気に溢れているようで何より、と高沢が頷くと、三田村もまた、

「すぐの開催とすれば、そう人数も集まらずにすむかもしれないですしね」

と同意する。

「予定が空いているのは木曜日です」

「なら木曜日にしよう」

そう告げると三田村が、何か言いたげな顔になった。

「あの……組長に、事前に許可を得られますか？」

「それは俺が聞く」

直接の対話には緊張すると言っている彼に頼むのは酷だろうと、高沢はその場でポケットからスマートフォンを取り出した。

「ありがとうございます。助かります」

ほっとした顔になった三田村の視線を浴びながら高沢は櫻内に電話をかけた。

『どうした』

すぐに通話に出た彼に高沢は、今週の木曜日から奥多摩の射撃練習場での訓練を開始したい旨を伝えた。

『わかった』

返事は一言で、他に何かあるかと聞かれ、高沢は返事に詰まった。

こうも簡単に許可を得られるとは思っていなかったからなのだが、何も言えずにいた彼の耳に櫻内の笑いを含んだ声が響く。

『「愛してる」といった言葉でもいいぞ』

「……え……」

これは言えということなのかと、高沢は判断がつかず、何も言えずにいた。耳に当てたスマートフォンから櫻内の苦笑が聞こえ、

『それじゃあな』

と電話を切ろうとする。咄嗟に高沢はそれを阻止せねばという思いから口を開いていた。

「あ……あなた」

『！』

今度は櫻内が珍しく絶句し、少しの沈黙が流れる。高沢はますますいたたまれない気持ちとなり、なんとか言葉を捻《ひね》りだした。

「あ、ありがとうございます」

まだ礼を言えていなかったとようやく思い出し、それを告げたのだが、返ってきたのは櫻内の苦笑だった。

『不意打ちは心臓に悪い』

「え？」

意味がわからず問い返した高沢の耳に、櫻内のバリトンの美声が響く。

『愛してる』

「！」

これこそ不意打ちではないのかと高沢が絶句しているうちに電話は切れた。

「組長の了承は取れたということでよろしい……ですか？」

おずおずと三田村が問い掛けてくる。

「あ、ああ」

頷いた高沢を見て、三田村は何も言わなかったが、横から早乙女が口を出してきた。

「なんだよ、赤い顔して。最後、組長はなんて言ったんだ？」

「別に、たいしたことじゃない」

聞こえていなくてよかった、と高沢は心底安堵しつつ、誤魔化しの言葉を口にした。

「なんだよ。感じ悪いな」

早乙女に悪態をつかれはしたが、事実を――『愛してる』と言われたと知らせるよりは不機嫌になられたほうがずっとマシだと高沢は早々に話題を変えた。

「早乙女、組長の許可が下りたので、木曜日に訓練を開催できるように奥多摩と調整してもらえるか？」

「わかったよ。ああ、本当に忙しいったらないぜ。峰がペナルティ受けるようなミスを犯さなければこんなことにはならないのによう」

早乙女は聞こえよがしに溜め息をついたが、高沢が睨むと、渋々ポケットから取り出したスマートフォンを操作し始めた。やれやれ、と高沢は溜め息をつきたくなるのを堪えると、木曜日の訓練のプログラムを考えるべく、地下の練習場に向かうことにした。一人になる時間が欲しかったのもある。

地下練習場で高沢は、久々に銃を手に取り、手に馴染《なじ》んだその重さに自然と微笑んだ。

姐さんのお披露目のとき以来だなと自覚し、なんともいえない気持ちとなる。ボディガードのときは毎日のように拳銃に触れていた。シフトが入っていない日でも、手入れのために銃を手に取っていたというのに、ここ最近はそれこそ組員の訓練のときくらいにしか触れることはない。

以前の自分ならおそらく、物足りなさを感じただろうに、今はやることとやらが多すぎてその暇がない。それはいいことなのか、悪いことなのか、どちらなのだろう。

考える意味のない愚問か、と、高沢はすぐに気づくと、軽く頭を振り、気持ちを切り替えた。せっかくここに来たのだから撃とう、とイヤープロテクターをはめ、的に向かう。

ダ――ン
腕に覚える衝撃。立ちこめる硝煙の匂いに、高沢の頭の中はあっという間に真っ白になり、気づいたときには弾がなくなるまで連射していた。

撃ち終えるとまたすぐ弾を装塡し、銃を構える。そうして腕が痛くなるほど連射し続けた高沢は、久々の爽快感を覚えつつ、イヤープロテクターを外し微笑んだ。

と、見計らったかのようなタイミングでドアがノックされ早乙女が顔を出す。

「奥多摩の練習場と話がついたぜ。組員への通達も向こうがやってくれるってよ。必要なものがあれば事前に連絡さえしとけばなんでも準備するだと。えらい腰が低かったから最初、戸惑っちまった。あんたも偉くなったもんだよなあ」

早乙女が心底感心したようにそう言ってきたのに、高沢は苦笑しそうになり、慌てて表情を引き締めた。

「ありがとう。特に必要なものはないはずだ。当日の参加人数を事前に知りたいというくらいだ」

「あ、人数制限なしでいいのかと気にしてたぜ。一応、上限を決めておいたほうがいいんじゃねえか、だと」

「そうだな……」

高沢の予想は二、三十人程度では、というものだったが、確かに百人も来たら一人ずつは満足な指導ができずに終わる。フォームを見ることができる上限にするか、と考えたが、大勢来たら来たで指導の内容を変えればいいかと思い直した。

上限を決めた場合、万一断ることになった組員に対するフォローのしようがないと考えたのである。

「施設のキャパ的に問題がない人数なら大丈夫だと伝えてもらえるか？　人数によってプログラムを変えるつもりだから、と」

「わかった。けど、意外だな。あんたにそんな器用な真似《まね》ができるのかね？」

本人、自覚なく非常に失礼なことを言うと、早乙女は「邪魔したな」と部屋を出て行った。

まったく、と高沢は堪えていた苦笑を浮かべると、人数ごとの指導方法を組み立てるべく頭を働かせ始めたのだった。

木曜日が来て、高沢は三田村と早乙女と共に、青木の運転する車で奥多摩へと向かった。三田村と早乙女はボディガード兼世話役とのことで、高沢がいくら不要だと言っても共に行くといってきかなかった。

「お前たちの負担になるのは悪い」

少なくともボディガードは不要なので、三田村一人でいいと言うと、早乙女はあからさまに不機嫌になり、邪魔にしやがってと暴れ出したので仕方なく連れていくことにしたのだった。

「人数の連絡はあったか？」

むっつりと黙り込む早乙女の機嫌を取ろうと、高沢は助手席に座る彼に問い掛けた。

「六十二人。だから上限作れっていったんだよ」

「結構来ましたね」

不機嫌に言い捨てた早乙女の声に続き、高沢の横で三田村の驚愕の声が響く。

「まだまだ増えそうって言ってたぜ。実際、銃を習いたいって奴がどれだけいるかは知らないけどよ」

「何しに来るんだ？」

射撃の訓練に来るのに他に目的があるのかと、高沢としてはまっとうな疑問をぶつけたのだが、早乙女にとっては愚問だったらしく、

「はあ?」

と呆れた声を上げ、シートベルトに邪魔されながらも後部シートを振り返った。

「馬鹿《ばか》か、あんた。あんたを見に来るに決まってんだろ」

「俺を?」

見に? と眉を顰めた高沢の横で、三田村が遠慮深く声を上げる。

「姐さんを一目見たいという組員は実際、多いです。殊更、射撃をしている姿を拝見したいと」

「野次馬根性だよ。パンダみたいなもんだ」

「……パンダ……」

動物園の人気者と自分との間の隔たりに首を傾げた高沢の、その首を更に傾げさせることを運転席の青木が呟く。

「パンダというよりアイドルのコンサートに近いような……」

「……アイド……ル?」

高沢が衝撃を受けつつ呟くと、どうやら青木は独り言のつもりだったようで、慌てて謝罪を始めた。

「し、失礼しました。その、えっと」

「こいつがアイドルなわけねえだろ。アホか」

早乙女が呆れた口調でそう言い、青木を睨む。

「す、すみません」

「言いたいことはわかる。憧れの存在ってことだよな」

三田村がフォローを入れてきたのにも青木は恐縮し、

「すみませんっ」

とペコペコ頭を下げていた。

「運転に集中しろよ」

早乙女に突っ込まれ、前のめりになりハンドルを握り締める。大丈夫だろうかと不安を覚えつつも高沢は、自分が『憧れの存在』になり得るのだろうかと更に首を傾げていた。

かつて八木沼の『姐さん』的存在、志津乃《しづの》の招きで、岡村組の姐さんたちの集まりに参加したことがあるが、志津乃をはじめその場にいた女性たちは皆、『憧れの存在』と言われるに相応しかった。美しいだけではなく自信に溢れ、ある種のカリスマ性を感じさせる女性ばかりだったが、姐さんというのはそもそもそうした存在ということなのかもしれない。

しかし自分には美しさも、そして自信もない。あるのは『姐さん』という立場だけである。

そんな自分がアイドル——偶像としての人気を持てるようになるとは思えない。

溜め息をつきそうになっていた高沢は、ふと、自分は人気がほしいわけではないはずだ、と気づき、なぜ溜め息をつきかけたのだろうとまた、首を傾げた。

姐さんとして認められたいという心理だろうか。そのために人気はほしいと？

出世欲のようなものなのかもしれないと高沢は思うも、警察にいた頃から出世には無関心だったため、今一つ実感として湧いてこない。

それとも承認欲求か。これもまた、今までの高沢の人生には無縁の感情だったため、自分がそんな欲求を持っているのかどうかも判断がつかなかった。

「気をつけろよ？　あんた、自覚がねえから。組員たちにつけ入れられるんじゃねえぞ」

早乙女がまたシートベルトを引っ張って緩めながら後ろを振り返り、高沢を睨みつつそう告げる。

「……ああ、わかった」

実際、早乙女が何を注意しているのか、わかってはいなかったのだが、馬鹿にされるなということだろうと推察し頷く。早乙女は何かを言いかけたが、

「やっぱり俺も行く必要あるじゃねえか」

とぶつぶつ言いながら前を向いてしまい、なぜに、とまたも高沢は疑問を膨らませることとなったのだった。

射撃練習場では責任者となった若頭補佐が高沢の車を車寄せで出迎えてくれた。

「申し訳ありません」

組長と同じ扱いではないかと、高沢は青木がドアを開けてくれるのを待たずに車から降り

ると、若頭補佐へと駆け寄った。

「いえ。今日はありがとうございます」

今まで高沢は彼と満足に会話をしたことがなかった。機会がなかったからだが、こうも丁重に迎えられるのには違和感しかない、と頭を下げる。

「色々と面倒をおかけしました。ありがとうございました」

「いえ、面倒なことは何も。こうも活気づくとは我々にとっても嬉しい限りです」

世辞に違いない言葉を告げられることにも違和感しかなかったが、高沢は「ありがとうございます」と頭を下げ、己の微妙な表情を隠そうとした。

まずは応接室に通され、そこで高沢は今日の人数がまた増えたことを知らされた。

「駆け込みで十二人、参加が増えました。施設のキャパ範囲内なので全員受け入れていますが、大丈夫ですかね？」

心配そうな表情となる若頭補佐に高沢は、

「ありがとうございます。大丈夫です」

と何度目かわからぬ礼を言い、愛想笑いを浮かべた。

「……っ」

途端に赤面する彼に、どうしたのだと目を見開く。愛想笑いなどしたことがないので不快にさせただろうかと案じていた高沢の背後に立つ三田村が咳払いをし、口を開いた。

「姐さん、そろそろ訓練場に行きますか」

「え？　ああ」

肩越しに振り返り、頷くと、

「ご、ご案内します」

と未だ赤い顔のまま若頭補佐が飛び上がるようにして立ち上がり、彼の案内で高沢らは練習場へと向かった。

高沢が現れると、ざわついていた場内が一気に水を打ったような静けさとなった。

確かに凄い人数だ、と高沢は思いつつ皆を見渡したあと、まずは挨拶かと喋り始めた。

「急な開催にもかかわらず、多数のご参加、ありがとうございます」

こうした挨拶を自分がするというのも違和感が半端ない。とはいえ慣れていくしかない、と高沢は少し声を張るように心がけ、言葉を続けていった。

「まずは私が見本で撃ちます。その後、的に向かってください。順番に見させていただきます。二十レーンありますから、適宜交代するようお願いします。銃を選びかねている人は、最初は小口径のオートマティックが比較的撃ちやすいかと思います」

松濤《しょうとう》の家に住み込んでおり、地下練習場の訓練に何度か参加したことのある組員については顔と名前が一致していたが、まったく見覚えのない組員も多かった。皆、真剣この上ない顔をし、自分を凝視している。

彼らの視線の熱っぽさに戸惑いを覚えつつ、高沢は銃を撃つ場所へと向かい中央のレーンに立った。

背を向けていても皆の視線に射貫かれそうになる。緊張とは無縁の高沢だったが、さすがにやりづらいと感じ、軽く咳払いをして気持ちを整えた。

イヤープロテクターをはめ、銃を手に取り的に向かう。聴力を封じてもガラス越しに感じる視線の圧は相変わらずだったが、それでも銃を構えたときにはいつもの集中力が戻っていた。

的に向かい、連射する。リボルバー式のニューナンブを選んだため、あっという間に撃ち終えることとなった。

振り返って組員たちを見やると、彼らの目は興奮に輝いていた。高沢はイヤープロテクターをはめたまま、マイクで呼びかける。

「それでは順番に二十名ずつ、イヤープロテクターをつけて中に入ってください」

高沢の声は皆が集まっているところのスピーカーから聞こえることになっている。指示を受け、三田村と早乙女が仕切り始めたのがわかった。

やがて二十名の組員がやってきて、的に向かって撃ち始める。一人ずつのフォームを見ながら高沢は、かつて三室《みむろ》が行っていた指導を思い起こしていた。

三室の指導は的確だった。高沢も彼の指摘で上達を実感したことが何度もあった。指導方法を直接教えてもらっておけばよかった、と今更の後悔を覚えつつ、高沢は銃を撃つ組員たちの、目についた欠点を指摘していった。

十分ほどで交代となり、人の入れ替えが始まる。

「ありがとうございやした」

「コツをつかめた気がします」

口々に礼を言ってくる組員たちに、高沢は笑顔で会釈を返した。その顔を見て絶句し、立ち尽くす組員たちを、中に入ってきた早乙女が怒鳴りつける。

「時間がねえんで、移動は早めにお願いしやす！」

彼にしては珍しく言葉使いが『ですます』となっている。三田村にでも指摘されたのかと苦笑していると、早乙女は高沢をも怒鳴りつけてきた。

「だから笑うなって！　じゃねえ、姐さん、笑うのはナシでお願いしやす！」

「え？」

何を言われたのか、今一つ理解できなかったが、要は入れ換えに時間がかかりすぎることを指摘しているのかと推察し、

「わかった」

と頷いた。

「……絶対わかってねえ……」

ぼそ、と早乙女は呟いたが、聞き咎《とが》めるより前にまた皆に対して「お早くお願いしやす」と声を張り上げたため、高沢もまたイヤープロテクターをはめ直し、的の前へと戻った。

次の組ではまったくの初心者がいたため、高沢は彼に対し、銃の持ち方、撃ち方を詳しく指導せざるを得なくなった。一人に時間をかけると不公平感が出るようで、特に指摘箇所がないフォームの組員に、「その調子で」と告げ、去ろうとすると、呼び止められ、よりよくなるためにはどうしたらいいかといったことを問われる。

二十人見終わった時間は先程の倍以上かかってしまったが、一組目のメンバーたちから文句が出たようで、三田村が宥めているのがわかり、難しいなと高沢は心の中で溜め息を漏らした。

三組目のメンバーは積極的に高沢に声をかけてきた。高沢は一人一人に対し丁寧に応対していたが、そのうちに三田村と早乙女が中に入ってきて、高沢に対し、

「姐さん、時間が押してます」

と、注意を促すようになった。

「わかった」

終わり時間は特に決めていなかったが、それを指摘する雰囲気ではなかったので頷くに留める。そのおかげか、話しかけてくる組員の数は減り、一組目と同じくらいの時間で終えることができた。

四組目で残りの組員たちを見終わり、高沢は皆が集まる場所へと戻ると、終了の挨拶をするべく口を開いた。

「お疲れ様でした。初回ゆえ、不備もあったかと思います。取り進めかたについては今後、よりいい方法を探求していくつもりですので、気づいたことや希望があったら……」

と、ここで三田村が声を上げる。

「練習場に窓口を作りますのでそちらにお寄せください。姐さんに直接伝えるのではなく」

「…………」

きっぱりと言い放つ彼に気圧《けお》され、高沢は一瞬絶句した。が、すぐに我に返ると、

「宜しくお願いします」

と皆に対し、頭を下げた。

高沢は組員たちを見送るつもりだったが、若頭補佐や三田村らに応接室に向かわされてしまった。

「お疲れ様でした」

若頭補佐はしきりに恐縮しており、理由がわからないながらも高沢は、

「こちらこそ、長時間にわたることになり申し訳ありませんでした」

と頭を下げ返した。

「さぞ、お疲れでしょう。本当に申し訳ない」

どうやら『長時間』が恐縮ポイントだったらしく、ますます申し訳なさそうな顔になった彼を見て、高沢は慌てて言葉を返した。

「いや、俺は……私は大丈夫です。こちらのご迷惑になっていたら申し訳ないと思っただけで……」

「迷惑ということはありません。もともと、大人数の対応が可能な場所ですので」

若頭補佐は尚も恐縮しつつそう告げたあと、「にしても」と溜め息交じりに言葉を続けた。

「こうも賑《にぎ》わったのは、先日のお披露目のときくらいでしたが」

「……その節にも大変お世話になりまして……」

迷惑しかかけていないと頭を下げた高沢の前で、若頭補佐が慌てた様子となる。

「いえ、光栄だと言いたかったんです。こんな立派な施設なのに、今まで利用者が少ないのが勿体無《もったいな》いと思っていたのです。こうして活性化されてありがたいと」

「それならよかったです」

世辞か社交辞令としか思えなかったが、礼を言うことが求められていると察し、高沢は素直にその言葉を受け入れることにした。ここでまた恐縮すると、相手が倍、恐縮し返してくるとわかったためである。

つくづく、己の立場が変わったことを自覚させられる。高沢は溜め息を漏らしそうになり、奥歯を嚙《か》み締めることでそれを堪えた。

射撃の指導よりもこうしたやり取りのほうが疲れる。しかしそんなことも言っていられない、と高沢はその後も若頭補佐と向かい合い、今後の運営についての話を詰めたあとに練習場を辞すことにした。

応接室内に入ったのは三田村だけで、早乙女はどうしたのかと思っていると、彼は車の前に立ち憮然《ぶぜん》とした表情で高沢が来るのを待っていた。

車に乗り込むと早乙女はすっかりヒートアップした口調で文句を並べ立て始めた。

「まったくよう、あんたを待ち伏せしている連中を帰すのが大変だったんだぜ。また恨まれちまったよ。俺の評判が落ちたらそのせいだぜ。責任取ってくれよな」

「お前の評判はもう落ちるところまで落ちてるから大丈夫だ」

三田村が溜め息交じりにそう言い、早乙女を黙らせる。

「……っ。他人事だと思いやがって……」

組内では立場が上となる三田村に対しては強く出られないらしく、早乙女がぼそぼそ言いつつも黙り込む。と、三田村は、やれやれといった顔になったあと、遠慮深く高沢に問い掛けてきた。

「おかしなことを言ってくる人間はいませんでしたか？」

「おかしなこと？」

意味を図りかね、問い返した高沢を見て、三田村が安堵した表情となる。

「その様子だと大丈夫だったようで、よかったです」

「ああ……?」

何が、と問おうとした高沢の耳に、早乙女の不機嫌な声が響く。

「俺らじゃ、睨みをきかせられねえんだよな。こんなときに峰がいればよう」

「確かに」

三田村もまた、溜め息を吐きつつ頷く。睨みが何のために必要なのか、今一つ理解できはしなかったが、彼らにとっても峰は頼りになるべき存在だったと知らされた高沢の脳裏には、最後は笑顔で立ち去っていった彼の後ろ姿が浮かんでいた。

4

月に二回の開催予定だった奥多摩練習場での射撃訓練だが、初開催の一週間後には高沢は射撃練習場を訪れることとなった。というのも一回目の開催のあと、次はこのような形にしてほしいという組員たちの要望書が山のように届いたからである。

やはり定員は決めてほしい、一人ずつの指導の時間を長くとってほしいという意見あり、高沢の見本をもっと見せてほしいという意見あり、加えて指導のあとに宴会を、などという意見まであって、今後の方針を立てるため急遽《きゅうきょ》、現地メンバーとの打合せが必要となった。

宴会などもってのほかだと憤る早乙女は、家に置いていくことにした。話し合いの邪魔になることが確実だったからで、詳細を決めるときには中心になってもらうと説得し、無事に彼なしで出発することができそうだった。

一方、峰の代理としてチームのリーダーを務めることとなった三田村は疲労困憊《ひろうこんぱい》状態で、土気色の顔をしていた。

「大丈夫か」

さすがに心配になり、高沢は彼に問うたのだが、返ってきた答えは「わかりません」という更に不安を煽《あお》るものだった。

「今日は単なる打合せだから、一人で大丈夫だ」

その間に休養を取ってほしいと高沢は三田村に告げたのだが、三田村はなかなか首を縦には振らなかった。

「姐さんを一人で移動させるわけにはいきません」

「俺もボディガードだ。自分の身は自分で護《まも》れる」

「それはそうでしょうが……」

銃の腕前でいえば高沢に勝る人間は組内にはいない。組外にもそういないだろうと三田村も認めざるを得ないため、口ごもる。

「今日は射撃練習場での打合せのあとすぐに帰る。車の前後には護衛がつくのだろう？」

「はい、それは」

「なら問題はないはずだ」

本当なら護衛の車も必要ないと言いたかったが、そこまで言うと逆に車内の護衛も断れなくなる。それで高沢はその部分は折れることにし、ようやく三田村の了承を得たのだった。

青木の運転する車で高沢は射撃練習場に向かったのだが、少し窶れている様子の彼を見て、青木も休ませる必要があったかもしれないと反省した。

「大丈夫か？　明日は出掛ける予定がないのでゆっくり休んでくれていいから」

そう声をかけると青木は高沢が戸惑うほど恐縮してみせた。

「と、とんでもないです！　全然疲れていません！　あの、俺の運転がマズかったですか？　何か不具合があったんでしょうかっ」

「違う、顔が疲れているように見えただけだ。問題ないのならよかった」

運転に不満があるわけでは決してない、と高沢が慌てて告げると、青木は安堵したあと、ますます恐縮してしまった。

「すみません！　疲れた顔に見えたなんて！　ほんと、申し訳ないです！」

「謝る必要はない。チームの皆が疲れているのはわかっていたし、疲れる原因もわかっているから」

今までも決して暇だったわけではないが、お披露目以降、チーム高沢のメンバーは皆、多忙を強いられていた。

ことに青木は、忙しいというだけでなく、高沢が櫻内と共に外出するときには運転手を務めるために、精神的疲労度もかなりなものになっているのである。櫻内と顔を合わせるだけでも緊張するだろうに、その彼を乗せて運転するとなると、どれほどのプレッシャーを感じているか、想像するだけで高沢まで胃が痛む思いがするのだった。

事故を起こして青ざめる夢をよく見る、と打ち明けてきたときの青木の顔は、それこそ真っ青だった。彼の心労を思うと櫻内との移動時には運転手を別の人間にしたほうがいいとは思うのだが、現在、櫻内が運転手を決めていないために、青木にお鉢が回ってきてしまうのだった。

神部のことがあったとはいえ、信頼できる人間に運転手を決めたほうがいいのではと高沢は思っているが、櫻内は何か意図があるのか未だに決める気配がない。青木に今後の希望を聞き、外してほしいということだったら櫻内に申し出てみようと思いつつ、それをどう青木に伝えるかだなと、悩ましさに溜め息をつきそうになり、慌てて堪えたのだった。

奥多摩に行くことはよくあったため、今日は比較的、青木はリラックスしているように見えた。早乙女が同乗していないのも大きいかもしれない。不機嫌なときに早乙女が当たるのは青木だから、と、高沢は改めて、今後外出の際には、自分一人で車に乗ろうと心を決めたのだった。

奥多摩に到着すると、前回同様、若頭補佐らは建物の外で到着を待ち受けていて、高沢を恐縮させた。

「申し訳ありません」

「いや、こちらこそ、たびたびご足労願うことになり申し訳ないです」

この上なく腰低く対応する若頭補佐に対し、どのような態度で接するのが正解なのか、高沢は未だわかっていなかった。丁寧に対応すると倍以上の気遣いを受ける。しかし横柄にいくわけにはいくまいと、迷いながらも用件を早くすませようと、彼らと打合せに入る。

組員たちの要望を聞き、対応可能なもの、不可能なものを仕分けていく。多く望まれたのは、高沢がいないときには映像で学びたいというもので、なるほど、それはいいアイデアだと高沢は思ったのだが、若頭補佐らは難色を示した。

「組長の了承が得られるかどうか……」

「得られないでしょうか……？」

合理的だと思うのだが、と首を傾げた高沢を前にし、若頭補佐らは顔を見合わせたあと、首を横に振った。

「……組長に聞く勇気すらありません」

「え？」

なぜにという疑問がつい、声に出てしまった。高沢は慌てて、

「失礼しました」

と頭を下げると、それなら、と自分が提案してみると申し出た。

「それでは組長には私が聞きましょう」

「い、いや、この案はやめましょう。映像が流出でもしたら大変ですので」

若頭補佐が全力で止めてくる、その理由は高沢には理解できなかったが、無理に取り進めようとは思えず、

「わかりました」

と承諾を選んだ。淡々と頷いた高沢を見て、若頭補佐が心底ほっとした顔になる。

「と、とにかく、時間をもっととってほしいということだったので、一回の人数をしぼりましょう。四十名でどうでしょう？」

「それだと充分に指導の時間が取れそうですね。もし、定員を超える申し込みがあった場合には、抽選にしてもらえますか？」

そういないとは思いますが、と続ける高沢に皆、「いや、それは」「大勢いると思いますよ」と言葉をかけ、気を遣わせているのだろうかと高沢は返しに困った。

「他の希望なんですが、実力別にクラスを分けてほしいというものがありました。ただこれを実現させると月二の開催では足りなくなるのではと……」

「確かに……」

しかし希望する気持ちもわかる、と高沢は頷き、暫し解決策を考えた。他の皆も一様に黙り込んだが、やがて目で合図をし合い、若頭補佐が口を開く。

「……希望をすべてかなえるのは不可能だと思いますので、これは流してもいいかと」

「そうですね」

頷いたあと高沢は、もしも指導するのが三室であれば、効率的かつ効果的に指導を行っていただろうと思い溜め息を漏らしそうになった。

自分を含め、三室の指導で実力が上がった人間を高沢は何人も知っていた。刑事の頃は練習場に通う頻度はそれこそ月に一度か二度となってしまっていたが、それでも三室の指導は有意義だった。

同じようにできればいいのだが、経験値が違い過ぎる。自分にできなければ、と高沢は考え、良策を思いついた。

「射撃の教官を常駐させることはできないでしょうか。上達したい組員は、その教官に指導を受けるというのは」

「それはいいですね」

若頭補佐が弾んだ声を上げる。

「上達が本当の目的であるのなら、ここに通えばいい。そういう条件を作ってやればいいんですよね」

「上達以外に目的があるのですか？」

『本当の』とは、と、そこが気になり問い掛けた高沢を前にし、またも若頭補佐らは顔を見合わせたあとに、言いづらそうにぼそぼそと言葉を告げた。

「いえその……高沢さんとお近づきになりたいという邪《よこしま》な気持ちもあるかと……あ、邪といってもその、いやらしい意味ではなく、ええと……」

必死で言い訳を始めた若頭補佐を見て高沢は、彼の言いたいことはすべて把握できたとは思えないものの、喋り続けさせるのは気の毒だと思い、わかったふりをした。

「なんにしろ、射撃に興味を持ってもらえているのだとしたら組の戦力になりますし、悪いことではないかと思います」

「……あ、はい」

若頭補佐は何か言いかけたが、結局は高沢に同意した。これもまた気遣いとわかったが、『気を遣わないでいい』と言ったところで状況はかわらないであろうから敢えてそこには触れず、話を続けた。

「射撃の教官として相応しい人間の心当たりはありますか?」

「いやあ、私はここの責任者に任命はされましたが、射撃のほうはさっぱりで……」

若頭補佐が頭を掻く。

「ここにいる連中には荷が重いです。高沢さんが今まで指導した中にいませんか?」

「そうですね……」

進歩が著しく、有望な組員は確かにいた。が、指導できるほどかとなると首を傾げざるを得ない。育て上げるには時間が足りなかった、というのは言い訳がすぎるかと反省していた高沢は、若頭補佐が告げた言葉にはっとし、思わず彼を見つめてしまった。

「峰さんとか、どうですかね。射撃の腕はかなりのものと聞いてます」

「そう……ですね」

確かに峰であれば適任だろう。しかし彼には二重スパイという役割が振られている。射撃練習場は武器庫も兼ねているし、そこにエスであった峰を配置するというのはどうだろう。

自分に決められることではない、と高沢は心の中で溜め息をつくと、考えていることを気取られまいと気をつけつつ、答えを返した。

「峰に関しては組長に相談してみます。他にも候補がいればあわせて相談したいと思います」

「ああ、確かに。峰さんは組長のお気に入りですから、勝手に決めるわけにはいかないですね」

若頭補佐が納得してみせる。やはりそれが共通認識ということなのだろうと高沢は改めて思い知ったのだが、己の胸をもやつかせているのが嫉妬心であることもまた同時に自覚していた。

次の開催日を決め、打合せは終わった。

「宜しくお願いします」

丁重に挨拶をした高沢に対し、若頭補佐らはより丁重に頭を下げ、高沢を見送ってくれた。

「家に戻るのでよろしいですよね」

問い掛けてきた青木の顔色は少しよくなっていた。休息を取れたらしいと安堵しつつ高沢は、

「そうしてくれ」

と答え、余計な気を遣わせまいとしてそこで会話を終えた。

奥多摩からの帰り道はいつものようにさほどの渋滞はなかった。しんとした車中にいる高沢の思考は、自然と峰へと向かっていた。

峰は今頃、東北で成果を上げているだろうか。蘭丸は無事でいるのか。神部を殺した人間は——その人間の属する組織は、今後どういう動きをみせるのか。彼らの目的は菱沼組にあることは間違いない。次に狙われるのは誰だろう。

櫻内本人か。それとも彼の側近だろうか。神部のように、既に取り込まれている人間がいるのでは。神部のときにはまるで気づかなかっただけに、『それはない』とは言い切れない。狙うのは櫻内の命か。組を壊滅させるためならそれが最も効果的である。組を壊滅させる目的は？　櫻内にかわって東日本の覇者となりたいと、そういうことなのか。

そのような願いを抱く可能性があるのはどういう人物、団体か。

今や菱沼組は一人勝ちといっていい状態で、表立って対立している組織はない。櫻内は日本最大の組織、岡村組の八木沼組長と懇意にしている。櫻内を葬れば八木沼をも敵に回すことになるのは明白で、そのようなリスクを背負う国内の組織はないのではないか。

となると——大陸か香港のマフィアか。

かつて、香港の新興団体、趙《チョウ》が菱沼組を狙ったことがあった。飛ぶ鳥を落とすが如き勢いのあった団体だということだったが、結局は櫻内により返り討ちに遭い、今や見る影もない状態だという。

第二の趙が現れたということだろうか。そう考える高沢の頭には今、金子《かねこ》の顔が浮かんでいた。

金子は香港三合会《さんごうかい》の重鎮だった金《ジン》の実子であり、金の決めた後継者の対抗馬として彼を担ぎ上げようとしている人間がいるらしいという話を高沢は金から聞いた。

金子はかつて三室の息子として菱沼組内で暮らしていたこともある。彼が組の情報をどれほど握っていたかは謎《なぞ》だが、かつての射撃練習場襲撃の際、手引きしていたのはまず間違いないだろう。

その理由は実父である金を人質にとられたからということになっており、実際、金も誘拐されてはいたのだが、今となっては積極的に関与していた可能性が高いように思える、と高沢は金子の暗い瞳を思い出していた。

金子には嫌われていた自覚が高沢にはあった。理由はおそらく三室絡みで、金子はなぜか高沢が三室にとって特別な存在だと思っており、嫉妬から敵対視していたものと思われる。そもそも三室は誰に対しても平等に接する男で、自分が特段可愛がられていたとは到底思えなかった。同じ警察出身だということでの親近感は多少あったかもしれないが、それは峰も同じである。

三室への歪《ゆが》んだ愛情は、向けられた三室本人は自覚していたのだろうか。気づかないわけはないだろう。どう対処したらいいかわからなかった。だから放置していた――というのも三室らしくない。とはいえ受け止めてやっていたとも思えない。

金子は記憶喪失を装っていたが、三室は演技と見抜いていたのだろうか。

高沢の思考はいつしか三室へと向いていた。

警察の射撃練習場の教官としての彼にも勿論世話にはなったが、射撃の上達面のみだった。指導者として信頼していたが人間性がどうかといったことに対してはまるで無頓着だったように思う。まず、高沢に他人に対する興味がなかったからだが、三室もまた射撃以外のアドバイスをすることはなかった。

菱沼組で再会したあとの彼からは、射撃とは関係のないアドバイスをよく受けたなと、今更のことを高沢は思い起こし、少し不思議な気持ちとなった。

三室の人となりに関して、詳しく知っているかと問われれば答えは否であろうが、肌で感じる印象は自分と同じく、射撃にのみ興味を感じていたのではないかというものだった。だからこそ、もと警察の人間が抵抗なく反社会的組織に身を委ねていたのだろうと高沢は判断したのだが、実際のところはどうだったのかは既に三室が亡くなった今、知る由はない。

金から聞いて初めて、彼の亡くなった妻が金の妻であることを知った。息子の金子も金の息子であったというのも驚きだったと同時に、三室には強い絆《きずな》で結ばれた金という存在がいたことにもまた、意外性を感じたのだった。

鉄砲玉として香港に向かわざるを得なくなった早乙女に同行を決めた高沢に、三室は金を紹介してくれたのだが、あのときには二人の仲がそうも特別なものであるとは知らなかった。

三室にも『特別』な相手はいたということだなと高沢は思い、金子は金に対してももしや嫉妬心を抱いていたのだろうかと考えた。

実の父親に対して嫉妬をすることはないだろうか。そもそも金子は金に対してどんな感情を抱いていたのだろう。

金は息子として愛しているような印象を受ける。金と共に過ごすようになってからは、金子は記憶喪失を演じていた上、彼の様子を見る機会はあまりなかったので想像がつかなかった。

金子の感情のベクトルは常に三室に向いていたのかもしれない。だとすると父親であっても三室の『特別』の金には嫉妬をしていたのだろうか。だからこそ敢えて金の望まぬ道を——金が選んだ自身の後継者と対立するような道を選んだと、そういうことなのだろうか。

三室の死がそのきっかけになったのかもしれないなと高沢は考え、すべては推測にすぎないかと溜め息を漏らした。

金は、金子が自ら姿を消したと判断していたが、実際のところはわからない。金のためにもまずは金子の行方を探してやりたいが、金は岡村組に身を寄せているため、高沢が動くと過干渉となってしまうおそれがあった。

以前のボディガードとしての立場であればまだしも、今は『姐さん』としてのお披露目も終わっている。八木沼に頼めばおそらくは受け入れてもらえるだろうが、それをしていいのか、となると、駄目としか思えないのだった。

そもそも時間がない。公の行事がこうもあるものかと驚かされるほど予定が詰まっている上、急遽変更といったことがよくある。それでチームの皆も疲弊しているのだから、ここに金子捜索が加われば間違いなく破綻する。

八木沼の協力が得られているので、自分が加わらずとも確実に見つけ出してもらえるということもわかっている。それでも何かせずにはいられないのは、なぜかと高沢は考え、三室への義理立てだろうかという結論に至った。

三室が亡くなる前に、彼に敢えて会いにいかなかったことを、自分は後悔しているのかもしれない。頭では『行かない』ことが正解であり、三室もまたそう思っていたとわかってはいるが、感情的に納得がいっていないのだろう。

三室がどれほど金子に対して思いを残していたかはわからない。だがもし彼が今存命だったら、金子の行方を案じるに違いない。その理由が金子自身ではなく金にあったとしても、と高沢はまた、ごく自然に溜め息を漏らしていた。

既に三室は鬼籍に入っている。脆《もろ》くも崩れ落ちた彼の骨をこの手で拾ったのはついこの間のことだ。金子はその場にいなかった。葬儀が終わったときには彼は姿を消していた。三室の死を目《ま》の当たりにしたくなかったからではないか。となると彼の自分への負の感情は未だ生きているのではないかと、その考えに至ったからである。

その負の感情を香港マフィアに利用されているのではないか。だとすればマフィアが次に狙うのは――。

「あ、事故があったみたいです」

と、青木の声が運転席から響き、高沢の思考は中断された。

「迂回《うかい》しますね」

バックミラー越しに声をかけ、青木が前の護衛車に続き、路上に置かれた赤い矢印の看板のとおりに細い脇道にハンドルを切る。

「待て」

と、高沢の胸に嫌な予感が過り、思わず声を上げた。

「え？」

青木が戸惑った声を上げ、バックミラーを見た、その瞬間、道の先に装甲車が現れ、前を走っていた車に向かい銃弾を浴びせかけてきた。

「わあっ」

車がすれ違う余裕のない細い道ゆえ、ブレーキを踏むしかなかった青木が悲鳴を上げる。

尋常ではない事態に、前後の車からボディガードたちが一斉に降り立ったが、それを待ち受けていたかのように道の両側から彼らに向かって銃弾が浴びせられた。

「た、高沢さん」

青木はハンドルを握り締めたままがたがたと震えている。罠《わな》だったかと高沢は、既に生存者の望めない味方側の状況を確かめ、どうするかと思考を巡らせた。

「車の外に出るな」

まずは青木にそう告げ、ウインドウから外を窺う。自分の命を奪うことが目的だとしたら、車中に留《とど》まったとしても死ぬことにはなるだろう。銃を持ってはいるが、今の銃撃を見るに相手の人数は二、三十人はいるようだから、到底対抗はできない。

とはいえ死ぬ気はないので機会を窺いはするが、と銃を握り締めた高沢の視界に、ダークスーツを着た男たちが車に近づいてくる姿が入ってきた。

装甲車からも数名降り立ったが、皆、銃を手にしている。抵抗するのは無駄だと察し、高沢は銃をホルスターに戻した。

「た、高沢さん……」

青木は未だがたがたと震えていた。死を覚悟しているようだ。

「落ち着け。無駄に動くな」

もしも自分を殺すことが目的であるのなら、既に発砲しているだろう。殺すところを映像に撮るといったことを試みている可能性はゼロではないが、取引の材料に使うと見るのが正解ではないか。

自分を殺したところで菱沼組への影響はさほどない。櫻内の命を奪うために自分を人質にしようとしているのではないか。

神部も誘拐を試みていたことだし、と高沢は一人頷くも、そうなると、と震える青木を見やった。青木の命を救う術はあるだろうか。青木もまた人質になり得ると思わせるにはどうしたらいいだろう。抵抗すれば見せしめとして殺すかもしれない。せめて交渉に持っていければ、と思っていると、サングラスをかけた強面《こわもて》の男が車のすぐ横まで近づいてきて、指で高沢の座る側の後部シートの窓をノックして寄越した。青木が泣きそうな顔で高沢を振り返る。

「いいか？　何も喋るな」

高沢はそう言うと、ウインドウを下げ、外の男を見やった。

「高沢さんですね？」

男は意外にも丁重な口調で問い掛けてきた。

「はい」

日本人か？　少しイントネーションが違うようなと思いつつ、高沢は頷くと尚も男を見上げた。

「車を降りて、一緒に来てください」

男がそう言い、ドアを開けるようにという意味か、顎をしゃくってみせた。

「どこに行けというのですか？」

反抗的だと思われることは避けたかった。しかし時間は稼ぎたい。教えてもらえるとは思わなかったが高沢はそう尋ね、男の答えを待った。

「あの車に乗ってもらいます」

男が告げたのは目的地ではなく移動手段だった。

「わかりました。私だけですか？」

ここからはもう、間違いは許されない。男の手には銃が握られており、銃口は高沢に向いていた。自分が撃たれるならいいが、青木の命は救いたい。緊張を高めながら高沢は男をじっと見つめ少しの動きも見逃すまいとした。

「はい、高沢さんだけで」

男がちらと青木を見たあと、そう答える。今まで彼の意識に青木はいなかったらしい。認識させてしまったことが悪いほうに働かないといいと祈りながら高沢は交渉にかかった。

「私はあなたに従います。なので運転手の身の安全を保障してもらえますか？」

「……た、高沢さん……っ」

青木がはっとした顔になり、高沢を振り返る。何も言うな、と高沢は彼を目で制し、男に向かって頭を下げた。

「どうかお願いします」

「………」

男が考える様子となる。承諾されなかったらどうすればいいのか。それなら車には乗らないと言ったところで強引に乗り込まされるだけだろう。

考えろ。彼に引き金を引かせない方法を、と高沢は必死で思考を巡らせたが、これという案は少しも浮かばなかった。と、そのとき、

「遅いじゃないか」

という朗らかな声がしたと同時に男が横へと押しやられ、新たな人物が高沢の前に現れた。

「………っ」

インパクトのある外見に、高沢は一瞬、声を失い、まじまじと男の顔を見てしまう。

端整な顔立ち、という表現がぴったりくる、細面の美形である。男性的な凛々《りり》しい顔立ちにもインパクトはあったが、それ以上に高沢の目を奪ったのは腰のあたりまである男の美しい黒髪だった。

艶《つや》やかで少しの癖《くせ》もない、真《ま》っ直《す》ぐな髪と、男の着用する高級そうなスーツとの間には違和感が生まれてもおかしくないはずであるのに、意外にしっくりきているのが不思議である。

「こんにちは。高沢さん」

にっこり、と男が瞳を細めて車の窓越しに腰を屈《かが》め、高沢に挨拶をして寄越した。

「こんにちは」

どう返すのが正解かわからないながらも高沢もまた挨拶を返す。

「もしや同行を拒否されているんですか？」

男の声音は相変わらず朗らかだった。が、目は少しも笑っていない。彼の手には銃はない。が、先ほど横にどかされたサングラスの男の持つ銃の銃口は相変わらず高沢に向いていた。それが運転席に向かないことを祈りつつ、高沢は長髪の男に交渉を試みたのだった。

「いえ。同行します。運転手の彼の身の安全を保証してもらえないかと、お願いしていたところです」

高沢の言葉を聞き、長髪の男は、へえ、というように目を見開いた。

「自分ではなく運転手の命乞いですか」

「はい」

自分の命に関しては自分ごとなので諦めもつく。しかし青木の命は守ってやりたかった。護衛として車の前後を守ってくれていた組員たちは全員死んだ。それを目の当たりにしているだけに、せめて青木の命は救いたいと、高沢はそう願っていた。

「面白いですね。その運転手は高沢さんにとって大切な人ということですか？」

長髪の男がにこにこ笑いながら問うてくる。

「はい。大切な仲間です」

『大切』という言葉のニュアンスに性的な意味を込められたような印象を受けたため、誤解た。


のないようにと高沢は答え、男を真っ直ぐに見返した。

「面白いですね。高沢さん。あなたは本当に面白い」

男が満足そうに笑い、頷いている。

「わかりました。それではその運転手も一緒に来てもらいましょう」

相変わらず明るい口調で男はそう言うと、銃を構えていたサングラスの男へと視線を向けた。

「二人、乗れるな？」

「はい。余裕はありますが……」

男が戸惑いつつも返事をし、ちらと高沢を見やる。

「ならいい。丁重にお連れしろ。ああ、でも、拘束はするように」

長髪の男はそう命じると、高沢へと視線を移し微笑んだ。

「それではまたのちほど。高沢さん、私はあなたが気に入りましたよ」

歌うような口調でそう告げると男は踵を返し車から遠ざかっていった。

「降りてもらえますか」

後ろ姿を見送っていた高沢は、サングラスの男に声をかけられ、意識を彼へと向けた。

「わかりました。青木、ドアロックを解除してもらえるか？」

青木に声をかけつつ、彼を見る。

「は、はい」

青木の声は震えていた。大丈夫だ、今すぐ命を取られることはない。落ち着くんだ、と目で訴えると青木は泣きそうな顔で頷いた。

「運転席の人も降りてください。身体検査をします」

サングラスの男に言われるがまま、高沢は車を降りると彼に背を向けた。当然ながらホルスターに入れた拳銃は取り上げられ、加えてスマートフォンも没収される。後ろ手に手錠をかけられた状態で、高沢は男に装甲車まで連れていかれた。同じく背中で手を拘束された青木と共に乗り込まされる。

車はすぐに発車した。車中にはサングラスの男以外にも二人乗っていて、一人は高沢に向かい銃を構え続けていた。

彼らは一体何者なのか。目的はやはり菱沼組か。組の――櫻内の迷惑になるに違いない展開しか予測できず、やりきれない気持ちとなる。

なんとか自力での逃走を目指したい。そう願う高沢の脳裏には、櫻内の黒曜石のごとき美しい瞳の輝きが蘇っていた。

5

車での移動は一時間以上に及んだ。高沢《たかざわ》が連れ込まれた装甲車からは外の景色《けしき》を見ることができず、どこに連れていかれるのかまったく予測ができずにいたが、車から降ろされた場所はどうやら港湾にある倉庫のようだった。

コンテナが積まれた広い倉庫内の奥に少し開けた場所があり、そこに椅子が一脚置かれていた。

「どうぞ座ってください」

高沢に声をかけたのはサングラスの男だった。

「運転手の椅子も用意させましょう」

「ありがとうございます」

礼を言うとサングラスの男は少し戸惑った様子となった。高沢が動じていないことに違和感を持っているらしい。

「……と、とにかく、ボスが来るまでお待ちください」

そう告げ、去ろうとする彼に高沢は声をかけた。

「ボスというのは先程の長髪のかたですか？」

「…………」

男は一瞬足を止めたが、振り返ることなく立ち去っていった。残されたのは高沢と青木《あおき》、それに二人の見張りと思われる五名の若い男たちだった。

「……高沢さん……」

青木が心細そうに高沢に呼びかける。大丈夫だ、と根拠のない慰めを込め、高沢は彼に笑顔を向けた。

途端に場の空気が一瞬固まった気がし、高沢は周囲を見回した。妙な緊張感があると思ったからだが、高沢と目が合った男たちが一斉に俯《うつむ》くのを見て、尚《なお》も首を傾《かし》げる。

青木は、と見やると赤い顔で俯いていた。

「大丈夫か？」

「は、はい」

返事をする声が裏返っている。どうした、と更に顔を覗《のぞ》き込もうとしたときに足音が聞こえ、高沢ははっとしてその音のほうを見やった。

「おや、どうしましたか？」

予想どおり現れたのは先程の長髪の男だった。

「あなたがボスですね？」

確認を取ると、長髪の男はにっこりと笑い頷《うなず》いた。

「はい。彼らのボスは私です。私は私のボスの命令で動いています」

相変わらず男の口調は朗らかだった。だが目は少しも笑っていない。彼は笑顔のまま人を殺せるタイプだなと緊張を高めつつ、高沢は男と向かい合っていた。

「あなたを誘拐したのも私のボスの命令です。悪く思わないでください」

「目的はなんですか？」

高沢の問いに男がふっと笑った。

「なんだと思いますか？」

逆に問い掛けてきた彼を高沢は見つめ、どう答えるかと考えた。暫《しば》しの沈黙が流れる。

「まあ予測はつくと思うのですが、櫻内《さくらうち》組長を呼び出す囮《おとり》になってもらいます」

高沢が答えないことに対し、なんの感情も芽生えなかった様子で、男が淡々と話を続ける。

「なので櫻内組長に救いを求めてほしいのです。映像が効果的だと思いますので、ビデオレターで。今、準備をさせています。よく映ったほうがいいでしょう？」

またも男はにっこりと笑ったあと、黙り込む高沢を前にし小首を傾げる仕草をした。なんだ？　と高沢は眉を顰《ひそ》め彼を見返す。

「いえ……少々意外だったもので」

そんな高沢に対し、男はにこやかに微笑《ほほえ》むと言葉を続けた。

「櫻内組長は絶世の美貌《びぼう》の持ち主と伺っています。そんな組長が一身に寵愛《ちょうあい》を注いでいるパートナーと聞いたので、どれほどの美人かと思っていたのですが、案外、平凡な顔をしているのですね」

「……はい」

貶《おとし》められているのはわかったが、事実なので頷いた高沢を前に、男が目を見開いたあとに笑い出す。

「いや、失礼。あなたがあまりに動じないので怒らせようとしたのですが、まさか肯定なさるとは思いませんでしたよ」

「………………」

今回もまた高沢は、どうリアクションを取っていいのかわからず黙り込んでいた。

男の意図はなんだろう。今の時間は、映像撮影の準備が整うまでの単なる時間稼ぎなのだろうか。それとも退屈しのぎに人質に声をかけていると？

そもそも、彼は誰なのだ。答えてもらえるかはわからないが、聞かない理由にはならない、と高沢は男の笑いが収まるのを待ち、彼に問いを発した。

「すみません。あなたの名前と、所属する団体の名称を教えてもらえますか？」

「ああ、失礼。まだ名乗っていませんでしたね」

男に気を悪くする様子がなかったことを高沢は安堵《あんど》し、名乗ろうとしている彼の端整な顔

を見つめた。

「ジェラルド・リーといいます。所属する団体は今はお伝えするつもりはありません」

「……そうですか」

なぜか、と考え、菱沼《ひしぬま》組に対抗策をとられたくないからかと理由を察した。しかし自分の名前は告げたということと、特に顔を隠すでもないことから、最初から生かして返すつもりがないのだなとも同時に察する。

「宜《よろ》しくお願いします。ミスター・リー」

礼を尽くしたところで無駄ではあろうが、機嫌を損ねることは避けたいと、高沢は彼に頭を下げた。自分の命はともかく、青木まで巻き添えを食わせるわけにはいかないと考えたのである。

「はは。どうかジェラルドと呼んでください」

ジェラルドはそう言うと、高沢を見つめ微笑んだ。

「ジェラルドさん」

「私もあなたを名前で呼びます。裕之《ひろゆき》」

「………」

呼び捨てかと高沢は戸惑った。名を呼び捨てにするのは櫻内だけだったからだが、やめてくれというのもなんなので、戸惑いつつも頷く。

「はい」

「裕之、あなたには色々と聞きたいことがあります。主に櫻内組長についてです」

「どんなことでしょう」

菱沼組のことではなく櫻内に関する質問だとすると、何を聞かれるのか。緊張を高めていた高沢だったが、ジェラルドの問いはまるで予想を裏切るものだった。

「ベッドではどちらが主導権を持つんです？　あなたですか？　美しい組長ですか？」

「……は？」

まさかの問いに高沢の頭は一瞬真っ白になった。

「武闘派で鳴らした組長ですが、ベッドでは意外に従順だったりするのでしょうか？」

「……あの」

ようやく頭の整理ができたが、問いが悪趣味すぎて拒絶反応が出てしまう。顔が歪《ゆが》みそうになるのを堪《こら》えつつ高沢は、冗談であればやめてもらいたいという思いを込め、ジェラルドの質問を遮った。

「なんです？」

にこやかに問い掛けてきたジェラルドの目は今も笑っていないが、やたらときらめきが増しているのがわかった。白皙《はくせき》の頬《ほお》には少し赤みも差している。興奮していると理解した途端、高沢の中でえもいわれぬ嫌悪感が生じ、思わず顔を顰《しか》めかけたが、なんとか冷静さを保ち口を開く。

「答えたくないときはその旨を言えばいいでしょうか」

「もちろん、強制はしません。私はそこまで暴虐ではありません」

くす、と笑ったジェラルドがうっとりした表情で言葉を続ける。

「あなたが独《ひと》り占めしたいほどに、ベッドでの櫻内組長は魅力的だということでしょうね。陶器のような美しい白い肌が艶《あで》やかに色づき、形のいい唇から甘い吐息が漏れる……想像するだけで恍惚《こうこつ》となります。ねえ、裕之」

ここでジェラルドは高沢を見て、それこそ艶やかに微笑んだ。何の想像をしているのだと不快感が増していた高沢だったが。事実を語るつもりはないと唇を引き結び俯いた。

「なるほど。何も言う気はないと、そういうことですね？」

ジェラルドが残念そうな声を出す。それでも高沢が顔を上げずにいると、彼の手が伸びてきて高沢の顎《あご》をとらえた。

「……っ」

強引に上を向かされたため、反射的に彼を睨む。が、すぐに高沢は我に返ると、目を伏せジェラルドを視界から消した。

「残念ですねえ。しかしこの手に櫻内組長を抱くときまでのお楽しみと思えばそれもまたよし、ですかね」

ジェラルドはそう言いはしたが、高沢の顎から手をどけようとはしなかった。

「その若い坊やもあなたのお手つきなんですか？」

言いながらジェラルドが高沢の顔を覗き込む。いくら目を伏せても目線を合わせようとしてくる彼の執拗《しつよう》さを面倒に感じつつ、高沢は仕方なく目を合わせると首を横に振った。

「違います。彼は運転手です」

「なんだ、自分の男だから庇《かば》ったというわけではなかったんですね」

へえ、とジェラルドがわざとらしく感心してみせる。

「てっきりお気に入りを侍《はべ》らせているのかと思っていました。ああ、でもそれでは櫻内組長の機嫌を損ねてしまうか。それとも組長はあなたにメロメロで、いくら浮気をされようが尽くしてくれると、そういうことですか？」

「あまり馬鹿《ばか》にしないでいただきたい」

何を言われようが聞き流すつもりだった。しかし我慢の限界だったらしく、気づいたときには高沢はそう吐き捨ててしまっていた。

しまった、と唇を噛《か》んだが既《すで》に遅く、ジェラルドが実に楽しげな様子で問い掛けてくる。

「おやおや、どうやらお気を悪くされたようだ。だんまりを決め込むつもりだったのでしょうに、やはり愛ですねえ」

馬鹿にしているのがありありとわかる口調と顔つきでジェラルドはそう言うと、高沢に一段と顔を近づけ、尚も揶揄《やゆ》を続けた。

「なぜあなたが櫻内組長の『特別』なのか。これから証明してもらいましょう」

言い終わるとジェラルドはすっと身体《からだ》を引き、背後に控えていた男に目配せした。男の手には小型のビデオカメラがあり、合図と共にそのレンズが高沢に向けられる。

「どうぞ。アピールタイムです。涙ながらに助けを求めるもよし、自分のことなど捨て置いてくれと自己犠牲をしてみせるもよし。何も言うことがなければそれでもいいですよ。十秒、差し上げましょう」

「………」

どうするか、と高沢は咄嗟《とっさ》に思考を働かせた。何を言えば櫻内の役に立つか。提供できる材料はほとんどない。あるとすれば、と顔を上げるとほぼ同時にジェラルドの声が響く。

「それではカメラを回します。視線はこちらにお願いしますよ」

こちら、と手で示されたビデオカメラに録画中を示す赤いランプが灯《とも》る。既にカウントが始まっているのならと高沢はレンズを見つめ口を開いた。

「俺を拉致《らち》したのはジェラルド・リーという中華系の男だ。場所は埠頭《ふとう》の倉庫、おそらく晴海《はるみ》だろう」

「ストップ」

途端にジェラルドの不機嫌そうな声が響き、録画が止まる。

「肝が座っているというかなんというか。そういうことじゃないんですよ。空気を読んでもらえませんかね」

制止が入るか否かで、彼らが櫻内に対し、名乗りを上げるつもりかそうではないのかを高沢は確かめようとしたのだった。今のところは名乗るつもりはないということかと察するも、理由は特定できないかと尚も思考を続ける。と、ジェラルドの腕が伸びてきて胸ぐらを摑《つか》まれ、はっとして彼を見た。

「あなたへの接し方をどうやら間違えたようです。二度と舐《な》めた真似《まね》ができないよう、少々痛めつけさせてもらいましょうか」

「…………」

馬鹿にしたつもりはないと告げたところで無駄だとわかっていたため高沢は無言で目を伏せた。ジェラルドが舌打ちをし、摑んだ胸ぐらを乱暴に放す。バランスを失い、高沢は床に倒れ込んだ。強《したた》かに肩を打ち、痛みに呻《うめ》く。

「ほう」

と、頭の上でジェラルドの笑いを含んだ声がし、なんだ、と高沢は痛みを堪えつつ顔を上げた。

「なるほど。ご寵愛が深いというのがよくわかりましたよ」

ジェラルドの視線は高沢のはだけた胸元に向いていた。今の一連の暴力的な行為のせいで、シャツのボタンが飛んだらしく、裸の胸が露《あら》わになってしまったのだが、そこには毎夜、ベッドで櫻内により与えられる濃厚な愛撫《あいぶ》の名残《なごり》が——色褪《いろあ》せることを知らない生々しい紅色の吸い痕《あと》が無数に散っていた。

羞恥《しゅうち》を覚えたが背中で手錠をかけられているため前を合わせることができず、うつ伏せになって視線を避けようとしたのだが、そんな高沢の動きをジェラルドの足が阻《はば》む。

彼の靴が高沢の肩を蹴り、仰向《あおむ》けにされる。そのまま肩を靴で押さえ込みながら、ジェラルドは先ほどの不機嫌さを忘れたかのような笑顔で高沢を見下ろしてきた。

「実物を見てもよさがわかったとは言い難いですけれども、あなたが充分エサになり得るということがよくわかりましたよ、裕之。映像に残すのはこの姿がよさそうだ。櫻内組長の血圧をさぞ上げることでしょう」

そう告げるとジェラルドは背後の、ビデオカメラを手にしたまま所在なさげに立っていた男を振り返った。

「撮ってくれ。ああ、もう少し、服をはだけさせたほうがいいな」

「わかりました」

男が頷き、少し戸惑った様子をしながらも高沢のほうに屈《かが》み込んできたかと思うと、シャツの前を更に開かせてから立ち上がった。

「撮ります」

「十秒ほどでいい。音声はやめておこう。また余計なことを言うかもしれないし。もし喋《しゃべ》ったら音は消してくれ」

ジェラルドの指示に男は頷くと録画を始めた。

「俺は大丈夫だ」

音声は入れないということだったが、高沢はカメラにそう言わずにはいられなかった。

「健気《けなげ》ですね」

はは、とジェラルドが楽しげに笑い、「もういい」と録画を止めさせる。

「気が変わった。そのまま送ろう。溺愛《できあい》している相手が気遣い溢《あふ》れるメッセージを伝えてきたら、いてもたってもいられなくなるだろうから」

上機嫌にそう言うと、ジェラルドはようやく高沢の肩から足を退《ど》けた。

「椅子に座らせろ。そっちのツバメにも椅子を。ああ、そうだ。二人並んでいるところも撮って送ってあげよう」

早く、とジェラルドに急《せ》かされ、男たちが慌てた様子で動き始める。

高沢と青木は並んで椅子に座らされているところを十秒ほど録画された。また何かを告げようかと考えているうちにカメラは下ろされてしまい、ジェラルドは鼻歌でも歌いかねない陽気な足取りで立ち去っていった。

「……高沢さん……」

見張りの目を気にしつつ、青木がおずおずと声をかけてくる。

「大丈夫か?」

顔色の悪さが気になり、高沢は彼に問い掛けた。

「……俺は大丈夫ですが……」

青木が心配そうに高沢を見る。暴力というほどではないが、床に倒され足蹴にされたことを気にしているらしいとわかり、高沢は大丈夫だと伝えようと微笑んだ。

「たいしたことはない」

「……っ」

と、なぜか青木だけでなく、見張りの男たちがまた、皆して息を呑《の》んだ様子となったことから何事かと高沢は訝《いぶか》り、彼らを見渡した。男たちは高沢の視線を避けるように俯いたり、空咳をしたりと、やはり挙動不審に見えたが、声をかける隙を見せることはしなかった。

「とにかく、落ち着け。いいな?」

赤い顔で俯いていた青木に声をかける。青木は「わかりました」と言いながら、ちらと高沢を見た。だが高沢が見返すと更に顔を赤らめ、また目を伏せてしまった。

彼の心理はよくわからないものの、自棄を起こして何かしそうな感じはしない、と、少し安堵した高沢は、ジェラルドが再び現れたときに、彼と交渉できないだろうかと考え始めた。

手錠を外すのは無理そうだった。また、見張りがこうも多いと隙を見て逃げ出すことは困難だろう。一人でも困難だが青木と二人で逃げ延びるのはより危険度が増す。

自分が囮となり青木を逃すことは可能かもしれない。それには綿密な打合せが必要となろうが、この状態ではそれもできない。大人しく待つしかないのか。せめてジェラルドが所属する団体を調べることはできないかと、高沢は見張りの男たちを再度見渡した。

と、男の一人と目が合ったため、声をかけてみる。

「あなたたちは香港《ホンコン》三合会《さんごうかい》と関係があるのですか？」

高沢の問い掛けに男がはっとした顔になった。が、すぐに無表情となり高沢から目を逸《そら》せてしまった。

あの様子では『関係あり』と認めたも同然だろう。となると次には金子《かねこ》との関わりを知りたい。金子の名を出してみようか。だが既に皆、身構えているのでたとえ心当たりがあったにせよ、反応しないように己を律するのではなかろうか。

三合会であれば、金子が関わっているのでほぼ間違いはないのではないかと思う。金《ジン》のためにも金子の行方《ゆくえ》は突き止めておきたいのだが、当然ながら聞いたところで教えてはもらえないだろう。

金子は金の息子であるので、金が決めた後継者の対抗馬に担ぎ上げられてるということだったが、待遇は悪くないと考えていいのか。

金子は一体どういう心境でいるのか。彼自身が三合会のトップに立つことを望んでいるというのには違和感を覚える。自分が知らないだけで意外に野心家だったということか。

「…………」

やはり違和感が半端ない、と高沢は自然と溜《た》め息《いき》を漏らした。

金子について何も知らない。高沢の持つ金子に関する知識は、金の実子であることと三室《みむろ》に執着していたことだけである。

金子がどれほど菱沼組に関する知識を持っているのかも、高沢は知らなかった。ずっと三室と行動を共にしてはいたが、奥多摩の射撃練習場にいたので、ほぼ知る機会はなかったのではと思わなくもない。そもそも射撃練習場で、金子の姿を見ることは滅多になかった。三室の配慮だったのではないか。いや、自分の前には姿を見せなかっただけで、他の組員に対しては違ったという可能性もあるか。

いつしか一人、思考の世界に嵌《はま》っていた高沢は、青木の、

「た、高沢さん……っ」

という呼びかけに、はっと我に返った。どうした、と彼へと視線を向け、青ざめている彼の目線を追う。

「既に菱沼組は裕之誘拐に気づいて行方を探しているそうですよ。すぐにもこの倉庫に辿《たど》り着きそうだとか。本当に優秀ですねえ、櫻内組長は」

彼にとっては嬉《うれ》しい内容ではないだろうに、戻ってきたジェラルドの口調も表情も、いか

にも朗らかだった。敢《あ》えてだろうか。この程度のことは問題ないというアピールかと、高沢は無言のままジェラルドが次にどう出るかと見守っていた。

「想定内ではあるから驚いていないだけですよ。スピードには少し驚きましたがね。実は今、上と相談中なんです。このままここで櫻内組長を迎えるか、はたまたあなたを早々に香港まで連れていくか」

「香港……ですか」

やはり香港三合会の一組織であることは間違いないようだ、と高沢が心の中で呟《つぶや》いたのが聞こえたかのようにジェラルドは苦笑めいた笑みを浮かべ、肩を竦《すく》めてみせたあとに言葉を続けた。

「因《ちな》みに私は後者を推しているんですが、年寄り連中は日本でカタをつけてこいと主張していて、その調整がまだついていなくて。本当に面倒なんですよね」

「年寄り連中というのは、香港三合会を構成している団体のトップたちということですか？」

ジェラルドが高沢相手に現況を説明する意図は今ひとつわからなかった。が、そちらから明かしてくれるというのなら、質問も許されるのではと、試しに聞いてみる。

「そのとおり。『年寄り連中』などと言っていることがバレれば揉《も》める原因になるので、どうか内緒にしてくださいね」

しかしジェラルドににこやかに答えられるとは想像していなかった、と高沢は思わず言葉を失った。

「はは。どうしました？　聞かれたから答えたんですよ。他に聞きたいことはないですか？」

ジェラルドはやはりどこまでも朗らかだった。しかし彼の眼差《まなざ》しは冷たく、高沢を射るような目で見つめている。

視線が顔からはだけられたままの裸の胸に移り、再び顔へと戻ってくる。

「うーん、やはり不思議な気がします」

そう告げるジェラルドの目に、次第に嫌な感じの光りが宿ってくることに高沢は気づいた。

もしや――いや、気のせいだと己に言い聞かせるも、ジェラルドの目の縁が赤く色づき、彼がごくりと唾《つば》を飲み込んだのを目の当《ま》たりにすると最早『気のせい』とは言っていられなくなる。

「よほどの床上手なんですか？　裕之は」

問い掛けてくる声音もやたらとねっとりしてきて、高沢の背筋に悪寒が走った。

「自分で『床上手なんです』とはなかなか言えないですね。失礼しました」

にんまりという表現がぴったりの笑いを見せたジェラルドが、腰を折るようにして高沢へと顔を近づけてきた。

「実践してもらえますか？　どんなテクで美貌の組長を虜《とりこ》にしているのかを」

言いながらジェラルドが高沢に手を伸ばし、頬を摑もうとする。

「た、高沢さんっ」

声を上げたのは高沢ではなく青木だった。だがジェラルドの視線が自分へと移ると、はっとした様子となりがたがたと震え出す。

「大丈夫だ、落ち着け」

恐怖のあまり何か叫び出しそうな気配を察し、高沢は青木に声をかけた。青木が泣きそうな顔で高沢を見る。

「は、はい……」

「なるほど、そうしてツバメを手なづけているのですか」

ジェラルドがわざとらしく感心してみせる。またも嫌な予感が芽生え高沢は眉を顰めつつジェラルドの動向を窺った。

「ツバメも裕之のテクニックを学んでいたりするのかな?」

ジェラルドが高沢の頬を離し、視線を青木に向けたかと思うとおもむろに彼へと近づいていく。

「ひっ」

青ざめ、悲鳴を上げそうになっている青木を見るジェラルドの表情には愉悦の色が濃い。高沢の反応が恐怖からはほど遠い淡々としたものであったのに対し、青木はわかりやすく怖がってみせている。それが彼の気に入ったのではと高沢は案じ、再び視線を自分へと戻すべく声を上げようとした。が、ジェラルドはその前に青木へと到達し、彼の胸ぐらを摑んでいた。

「まずはこの坊やに実践してもらいましょうか。裕之伝授の性技を」

「あ……」

青木は自分が何を求められているのか理解したらしい。泣き出しそうになっている彼を救おうと高沢はジェラルドに呼びかけた。

「ジェラルドさん、先ほども言いましたが彼は私の運転手でツバメではありません。性技などを教えてはいません」

「やはりこの子を庇うのですね、あなたは」

へえ、と高沢を振り返りつつ、ジェラルドが楽しげに笑いかけてくる。

「それだけ可愛《かわい》がっているということでしょう？」

性的な意味で、と続けるジェラルドの言葉を高沢はきっぱりと否定した。

「それはありません。私の巻き添えを食うことになったのを申し訳なく思っているだけです」

「思いやり溢れる上司ですねえ。ああ、なんというんだったか。裕之はこの間『姐《あね》さん』になったんでしたよね」

ジェラルドの揶揄は止まらず、彼の足は未だ青木の前から動かなかった。マズいなと高沢はなんとか彼を己のほうへと引き寄せるために会話を続けた。

「はい。お披露目を終えたところです」

「姐さんというのは組長の奥さんのことなんでしょう？　二人は結婚をしたのですか？　法的にはできるのでしたか、日本では」

興味をひくことができたと安堵しつつ、高沢は答えを返した。

「結婚はしていません。まだ法的にはできなかったかと」

「はは。そんなに真面目《まじめ》に答えるような質問じゃないんですけどね」

ジェラルドが苦笑したあと、ちらと青木を見やる。

「裕之は会話が苦手なようなのに、この坊やを救うために頑張っているんですよね。本当に可愛がっているんですねえ」

「…………」

逆効果だったかと高沢は唇を噛みたくなるのを堪え、ジェラルドに声をかけた。

「彼だけでなく、組の人間はすべて大切です」

「優等生的な回答ですね。あまりそういうのは好きではないんですよね」

ジェラルドが肩を竦め、再び高沢へと視線を戻す。

「選んでもらいましょう。裕之に」

「……何を選べばいいんですか？」

にっこりと、それは楽しげに笑ったジェラルドの目には冷徹な光がある。碌《ろく》なことを言われる気がしないとわかってはいたが、彼が次に口にしたのは高沢にとってはある意味想像どおりの、だが度を越すほどに『碌でもないこと』だった。

「卓越した性技を私に対して発揮してくれるのは、裕之か、裕之のツバメの坊やか。要は私に抱かれるのは二人のうちどちらになるのか、さあ、選んでください」

「……っ」

思わず息を呑んだ高沢の耳に、悲痛な青木の声が響く。

「お、俺がやります！」

「青木！」

ああも怯《おび》えていた青木が声を張り上げることは高沢の予想にはなく、たまらず名を呼ぶ。

「ああ、本当に愛の絆《きずな》で結ばれているんですねえ」

馬鹿にしていることを敢えて見せつけてくるジェラルドが青木に手を伸ばす。

「よせ！」

なんとか彼を救いたい。その一心で叫ぶ高沢の声が倉庫内に響き渡った。

6

峰利史《みねさとし》は今、青柳《あおやぎ》組の組事務所の応接室で青柳と、そしてかつて高沢の運転手を務めていた加藤蘭丸《かとうらんまる》と向かい合っていた。

「ご迷惑をおかけしており申し訳ありません」

この場のセッティングの礼を述べたあと、青柳組を結果として巻き込むことになったことを詫《わ》びた峰に対し、青柳はどこまでも鷹揚《おうよう》に微笑んでみせた。

「いやなに、蘭丸を引き受けた時点で、自ら飛び込んでいったと同じですから」

「……しかし……」

青柳の隣では蘭丸が真っ青な顔で俯いている。瘦《や》せたなと峰は改めて彼を見やり、溜め息を漏らしそうになった。慌てて堪え、さりげなく咳払《せきばら》いで誤魔化そうとするも、気づいたらしい青柳に苦笑され、今度は峰がいたたまれなくなり俯いた。

「神部《かんべ》からの連絡があって以降、こちらで怪しい動きはありません。東京から随分と距離がありますから、うちのような地方団体には食指が動かなかったのでしょう」

「いや、そんなことは……」

本気で思っているわけではあるまいとわかりつつ、否定をしておこうと峰が告げたのに、青柳は、

「おっと、卑屈すぎましたかね」

と苦笑めいた笑みを浮かべ、峰のフォローを遮った。

「蘭丸の洗脳が解けていたのも、敢えてコンタクトをとってこなかった理由の一つかもしれません。神部が殺されたのも既に利用価値がなくなったからでしょう」

青柳は明るくそう言うと、俯いたままでいた蘭丸に話しかけた。

「黙ってないで、神部とのかかわりについて詳しく峰さんにお伝えしなさい」

「か、かしこまりました……っ」

青柳の指示を受けた蘭丸の身体がビクッと震える。従順であるよう、色々と叩《たた》き込《こ》まれたのが窺《うかが》えるなと、峰は同情の眼差しを向けそうになり、いけない、と慌てて再び目を伏せた。

「組の運転手の先輩として、何かと親切にしてくれていました。そのうちに高沢さんが気の毒だと、ことあるごとに言ってくるようになって。櫻内組長に酷《ひど》い目に遭わされている、車の中でいやらしい行為を強要されるのも可哀想《かわいそう》で見ていられない。櫻内組長はああして高沢さんを辱めることで、自我を崩壊させようとしている。精神をぶっこわして自分のためのラブドールにするつもりなのだと……俺、なんでか彼の言うことをまるまる信じてしまって、高沢さんを救いたい、それには櫻内組長を殺すしかないと思い込んだ結果、ああして銃を向

けることになったんです」

すらすらと話す様子からして、もう何度も説明しているのだなと察し、そうさせたと思われる青柳を窺った。ちらと見ただけなのに青柳はかっちり目を合わせてきてにっこりと微笑み、口を開く。

「ご推察のとおり、何千回と聞いています。人間の記憶というのは表層部分にないものでも繰り返し聞くと深層部分に潜り込んでいたものが蘇《よみがえ》ってくるそうなので」

「……なるほど。本人が『見た』という記憶がなくても、視界に入ったものやその場の音を思い起こすことができるようになると、そういうことですか？」

「そのとおり。一方で『思い込み』も併発しかねないのでなかなか難しくはあるんですがね」

青柳は微笑んだままそう言うと、

「さすが峰さん、察しがよくていらっしゃる。櫻内組長の信頼が高いと評判なだけありますね」

そう告げ、じっと峰を見つめてきた。

この男はどこまで知っているのだろう。すべてを見透かしているとしか思えない意味深な視線を浴びながら、峰はどう答えるかと暫し迷った。が、すぐ、

「とんでもない」

という謙遜に逃げることにした。が、青柳の視線は外れず、より突っ込んだ言葉をかけて

くる。

「今は特に正念場といっていいときなのではないですか?」

「………」

これで決まりだと峰は改めて感心しつつ、青柳を見返した。青柳が、ん? というように小首を傾げ、峰を見返す。

「色々とご存じのようですね」

『何を』と言ってもよかったのだが、蘭丸の反応が読めなかったためその程度に留《とど》めた。対する青柳は嬉しそうに笑うと明るい口調で話し出す。

「私はオタクでしてね」

「え?」

社交的かつ、容姿をはじめ頭脳・身体能力・すべてにおいて秀でたいわば『陽』の印象のある青柳と『オタク』という表現に違和感を覚え、峰はつい声を漏らしてしまった。

「失礼しました」

「はは。何も失礼なことはありませんよ」

慌てて詫びた峰の前で青柳が破顔する。

「私がおたくの組長と姐さんの強火担であることは峰さんもご存知でしょう? 要は菱沼組のオタクなんです」

「……なるほど」

それで自分のことも調べたと言いたいのかと、峰は納得しつつ、にしても、と心の中で感嘆していた。

もしもこれがハッタリではなく、本当に自分の『正体』を突き止めているのだとしたら、如何《いか》にして知り得たかが気になる。菱沼組内で気づいたのは組長と高沢のみのはずで、他にはいないという確信はあった。櫻内や高沢がこのタイミングで誰かに明かすとは考え難い。となると青柳は自力で調べ上げたということになろうが、それで本当に真相に辿り着いているのだとしたら、情報収集能力、分析力ともに半端ないということにならないか。

そうも高い能力の持ち主であるのなら、今のまま東北を統《す》べることで満足できるのだろうか。日本一の組織岡村《おかむら》組、二番目の規模となった菱沼組と肩を並べる、否、凌駕《りょうが》する存在となるべく狙《ねら》っているのでは。

峰はあまり考えが表情に出るタイプではないという自信があった。ポーカーフェイスを得意としていたのだが、それすら青柳は看破してみせ、彼を戦《おのの》かせた。

「そんな野心はありません。言いましたでしょう？　私は菱沼組の——というより、櫻内組長と姐さんの『オタク』だと。なのでお二人の懸念を一刻も早く晴らして差し上げたいんですよ」

「……それはその……恐れ入ります」

参ったなと思いつつ頭を下げかけ、自分が礼を言うのは少々僭越《せんえつ》かと気づき、峰にしては珍しくもごもごと口ごもってしまった。それを見て青柳は楽しげに笑うと、

「そういったわけでご協力は惜しみませんが、今のところはお役に立てるような情報は提供できないようです」

と、最後は真面目な顔になり、すみませんね、と頭を下げた。

「いえ、とんでもない。かえってよかったです。こちらになんの悪影響も出ていないと知り安心しました。組長も安堵することでしょう」

峰が櫻内について触れると、青柳は本当に嬉しそうな表情となり、それを目の当たりにした峰は、『オタク』だという彼の言葉に嘘《うそ》はないことを実感していた。

「すみません、蘭丸と少し話してもいいでしょうか」

今までの流れからすると、蘭丸から聞き出せることは何もなさそうだったが、顔色の悪さと窶《やつ》れぶりが気になり、峰はそう頼んでみた。

「もちろん。席を外しましょうか？」

言いながら青柳が立ち上がる。

「いえ、久しぶりだったので『最近どうだ』といった会話を少ししたかっただけです。もちろんいていただいて構いません」

慌てた峰を見て青柳はにっこりと微笑むと、

「お気遣いなく。私がいないほうが蘭丸も最近の様子を語りやすいでしょう」

と、冗談ではあろうが本気ともとれる言葉を残し、部屋を出ていった。

室内に沈黙が訪れる。

「蘭丸」

峰が呼びかけると蘭丸はあからさまに怯えた顔となり、おずおずと視線を合わせてきた。

「元気か？」

「……はい……」

かつての蘭丸は快活な印象だったが、今は見る影もない。頬はこけ、顔が一回り小さくなったように見えるが健康状態は大丈夫なのかと気になり問うてみる。

「随分痩せたが、身体は大丈夫なのか？」

「大丈夫です……」

声にも張りがない。もともとガタイはいいほうではなかったが、よりほっそりしたように見える。伏せた睫毛《まつげ》が頬に影を落とす様には独特の色香が感じられた。

青柳は彼を『調教』するといって引き取ったが、やはり性的な行為を強《し》いられているのだろうか。聞いてみたかったが己の好奇心でしかないと気づき、問い掛けはやめることにした。

「あの……」

沈黙が続いたからか、ここで蘭丸が口を開いた。

「なんだ?」

聞かれる内容については見当がついていた。おそらく高沢についてだろう。峰の予想どおり、目を伏せた蘭丸が口にしたのはそのことだった。

「高沢さんが『姐さん』になったと聞きました……」

「ああ、盛大にお披露目をした。青柳組長も参列してくれたぞ」

蘭丸は高沢と先日会ったのではなかったか。そのときには櫻内組長も一緒だったから会話らしい会話ができなかったのだろう。高沢の現況について聞かれるのかという峰の次なる予想は外れることとなった。

「本人が望んでなられたんですよね……?」

「え?」

それはどういう、と確かめようとし、すぐに言いたいことを察する。

「組長が強引に指名したのではないかと、そういうことだったら、答えはノーだ。高沢が……おっと、高沢さんが決めたことだ。お披露目の内容についても自分で考え決めていたよ」

「……なんだか……不思議な気がします」

蘭丸がポツリと呟く。今の彼には少し昔の面影があるなと峰が見つめる先で、蘭丸はぽつぽつと話を始めた。

「……高沢さんは櫻内組長に無理強いされているのだとばかり思っていました。実際、俺が目にしたのは力で強引に高沢さんを組み敷いている場面ばかりだったし、高沢さんは嫌がっているように見えたので……」

「あー、あいつが嫌がったのはお前に見られることだったんじゃないかな」

櫻内を厭《いと》うているように感じたことは一度もなかった。だが蘭丸の目にはそう見えていたということか。

人は見たいように物事を見る。蘭丸にとっての高沢はそうだったのだろう。だからこそ、高沢を救いたいという気持ちで銃口を櫻内に向けたのだろうし、と納得しつつ峰は、それを神部に見抜かれたということに多少の違和感を持った。

今更ではあるものの、神部が蘭丸のそうした心の機微に気づくだろうかと疑問を覚えたのである。

「……そう……なんですかね……」

蘭丸は峰の言葉に反発もしなければ肯定もしなかった。力なく項垂《うなだ》れた彼に峰は、気になったことを聞いてみることにした。

「神部についてだが、高沢さんが組長に虐げられているという話題を彼が振ってきたきっかけを覚えているか？」

「え？」

意外な問いだったのか、蘭丸はきょとんとした顔になった。が、すぐ、眉間に縦皺《たてじわ》を寄せ、考え始める。

「……きっかけ……うーん……」

「運転手として気をつけることを教えてほしいと、蘭丸から頼んだのか？　それとも神部から声をかけてきたのか？」

「俺からです」

即答はおそらく、青柳の聴取の賜物《たまもの》だろう。その先についてもすらすらと出るに違いないと思いつつ、峰は問いを続けた。

「神部にはどこで声をかけた？」

「松濤《しょうとう》の家の駐車場です。神部さんが……神部が組長の車を洗っているときに、思い切って声をかけました」

「一人だったか？　早乙女《さおとめ》が一緒だったとか？」

「俺一人です。俺も高沢さん用の車の準備に行ったところだったので」

「神部に聞いたほうがいいと誰かに勧められたのか？」

「誰かに……？」

ここで蘭丸は少し考える様子となった。

「早乙女はそうしたことに気づくタイプじゃないだろう？　高沢も違う」

「……あ、いや、俺が自分で思いついたんでした。早乙女の兄貴に、運転手としてちゃんとしろとハッパをかけられて、どうすりゃいいんだと考えていたところにちょうど神部を見かけたので、それで」

「なるほど。神部は快く話してくれたか？」

「はい。運転手は神経使うこと多いから大変だなと同情してくれて、それからよく話すようになったんでした」

蘭丸が思い出す顔になる。

「いい人だなって思ってたんですよね。愚痴《ぐち》なら聞くぞって言われて……。組長の愚痴は早乙女には話せないだろうって。確かに兄貴に組長のこと、少しでも悪く言おうものなら殴られるんで、助かるなと思いました」

そう告げたときの蘭丸は、以前の彼に戻っているように峰には見えた。抜け目のない、何事も器用にこなす少年だった彼は確か、射撃の腕もみるみるうちに上達したのだった。

そういうところが神部に狙われたのかもしれないが、それにしても、と峰は神部についてもう少し情報を得るべく蘭丸への問いを続けた。

「俺はあまり神部について詳しくないんだ。面倒見のいいタイプだったってことだよな？」

「俺も最初、とっつき悪いんじゃないかなと思ったんですが、話してみるとフレンドリーというか、気安いおっさんでした。あ、とっつき悪いっていうのは、怖いっていうよりかは大人しいって感じで……。ああ、そうだ。大人しくしてろとも言われたんだった。色々車中で見聞きするだろうけど、聞いてる素振りを少しでも見せちゃいけないって」

「なるほど。丁寧に指導してくれていたんだな」

「俺が何も知らないってわかると、親身になってくれたんですよね。でも……」

ここで蘭丸が言葉を途切れさせ、溜め息を漏らした。

「全部、俺を利用するためだったのかと思うと、なんていうか……」

蘭丸は峰を見やり切なげな顔となった。

「虚《むな》しいっていうか悲しいっていうか。最初からわかってたらあんなになんでも相談しなかったのに」

話しているうちに蘭丸は自然と饒舌《じょうぜつ》になっていた。

「何を相談したんだ？」

「親がいないとか、女と付き合ったことないとか、早乙女の兄貴が何かというと八つ当たりしてくるとか……相談ってよりは愚痴ばっかだったかも。でもどんな話でも親身になって聞いてくれて。早乙女の兄貴の昔の話を教えてくれたり。あと、高沢さんがボディガードになったばかりの頃の話も、俺が聞きたがるので色々話してくれました。組長との関係も……」

言いながら蘭丸は溜め息を漏らし、首を横に振った。

「強姦《ごうかん》して言うことを聞かせていたって。車の中でも抵抗を封じて好き勝手に弄んでいたことが何度もあって気の毒だったたって、そのときの様子を事細かに教えてくれたり……聞きたくないのに聞かずにはいられなくて、そのせいであの頃は随分と追い詰められていたのかなと今更気づいて……」

「高沢さんの話題は最初はお前から出したってことだな」

気持ちが沈むと口も重くなる。そう時間がないので気の毒だと思いながらも峰は話を先に進めた。

「あ、はい。俺が高沢さんの銃の腕前を褒めたのが最初だったと思います。それで昔の話を聞いたんでした」

「そうか……」

高沢の近くには櫻内がいる。彼の命を奪うのに蘭丸が適役だと判断をつけ、近づいた。話していくうちに高沢への心酔ぶりがわかったので、彼を救うという方向で洗脳をしていったと、そういうことだったのだろう。

それを神部が思いついたのかまたは彼の雇い主が彼からの報告をもとに考えたのかはわからないが、どちらにせよ、そう不思議な話でもなかったかと、峰はここで話を打ち切ることにした。

「悪かったな。色々聞いて」

「いえ。全然。久々に青柳組長以外の人と長く話しましたよ」

蘭丸が苦笑してみせる。

「不自由はないか？」

聞いたところで答えまいと峰は思っていたのだが、蘭丸は意外にも語ってくれた。

「特には。よくしてもらっています。ただ……」

それまで普通に話していた蘭丸だったが、不意に口ごもり、下を向いた。右手で左の上腕を摑む、その手の甲が白くなるほど力がこもっているのを見て峰は、なんとなく状況を察し、話を変えることにした。

「他に聞きたいことはないか？　組のことでも高沢のことでも」

「………」

蘭丸が顔を上げ、峰を見る。切実な眼差しを向けてきたのは、だが、一瞬で、すぐに彼は顔を伏せると細い声で、

「特には……何も」

と呟き、首を横に振った。

つい先ほどまで、峰の目の前にいたのはかつての元気な蘭丸だったが、今はまた、痛々しいほどに窶れた彼に戻っている。

青柳がどのような手段を用いて『調教』したのかは不明ではあるが、仕上がり具合は完璧《かんぺき》ということかと、峰はまたもやるせない気持ちとなった。

「長々悪かった。元気でな」

このへんが潮時だと、峰は笑顔で立ち上がった。蘭丸もまた立ち上がったあと、峰に対して深く頭を下げた。

「峰さんもどうかお元気で」

「……俺は……」

元気でいられればいいけどな、と言いかけ、何をしているんだかと自嘲する。

「ああ、ありがとう。またな」

明るく挨拶《あいさつ》をすると峰は、室内に蘭丸を残し部屋を出た。外には若い衆が一人立っていて、峰をエレベーターまで送ってくれる。

「青柳組長に宜しくお伝えください」

去り際、峰はそう挨拶し、一人で箱に乗り込んだ。と、背後で、

「峰さん！」

という青柳の切迫した声がし、何事かと振り返りつつ箱からフロアに降り立つ。

「どうされました？」

先ほどまでの、余裕綽々《しゃくしゃく》たる態度からは一変し、顔面蒼白《そうはく》になっている青柳の尋常でない様子に、とてつもない嫌な予感に見舞われ、問い掛ける峰の声もまた緊張感溢れるものとなった。

「……高沢さんが……誘拐されました」

青柳が悲痛な声でそう告げる。

「なんだって⁉」

信じられない、と峰は思わず大声を上げてしまったあと、慌てて非礼を詫びた。

「失礼しました。しかし誘拐ですか？　まさか……」

高沢の外出には常に前後に護衛の車がつき、本人の乗る車にはボディガードが二名、同乗しているはずだった。そもそも単独での外出の予定は滅多にないはずなのに、どういう状況で誘拐されたというのだろう。

「奥多摩の射撃練習場からの帰りに襲われたようです。護衛車に乗っていた人間はすべて死亡、高沢さんと運転手が連れ去られたと今、東京から連絡が」

「……襲撃に遭ったのか……」

峰は今、動揺していた。連れ去られたのが高沢以外は運転手の青木のみということは、高沢の車に同乗していたはずのボディガードは――三田村《みたむら》や早乙女は、死亡したということだろうか。

「まずは組に連絡を取られてはいかがです？　もし、私どもに手伝えることがあればなんなりといたしますと、組長にお伝えいただけますか？」

青柳に声をかけられ、峰ははっと我に返った。

「大変失礼しました。そのとおりです。すみません、ちょっと失礼します」

未《いま》だ動揺は治まっていなかったが、そんな場合ではないと慌ててスマートフォンをポケットから取り出し、櫻内の番号を呼び出す。

自分からの電話に出てもらえるか、実のところ峰には自信がなかった。本当に高沢が誘拐されているのなら、自分からの連絡など後回しにされるに決まっていると考えたからだが、予想に反し櫻内はすぐ応答してくれた。

『青柳組長は相変わらず耳が早いな』

何を言うより前に溜め息交じりにそう言われ、高沢誘拐が事実であることを峰は知らされたのだった。

となると、と声が掠《かす》れそうになるのを堪え、存外落ち着いている様子の櫻内に問い掛ける。

「何か相手から連絡はありましたか」

『映像が送られてきたが、要求はまだない』

「その……」

三田村と早乙女の安否を問いたかったが、櫻内に聞くことではないかと峰は思い留まり、今の今頼まれたばかりの青柳からの伝言を告げた。

「青柳組長がご協力を申し出てくださっています」

『近くにいるのならかわってもらえるか？』

櫻内の千里眼は場の状況まで見抜くらしい。感心しながら峰は青柳へと視線を向けつつ、

「かしこまりました」

と返事をし、スマートフォンを青柳に差し出した。

「組長がかわってくださいと」

「ありがとうございます」

にっこりと青柳が微笑み、スマートフォンを受け取ると、峰に気を遣ったのか、スピーカー状態にして話し出した。

「櫻内組長、青柳です」

『お気遣いに感謝します。今後、飛び火する可能性があるので峰をそちらに残します』

「え？　しかし……」

青柳にとって予想外の言葉だったらしく、一瞬何か言い返しかけたが、すぐに我に返ったようで、

「失礼しました。わかりました。峰さんをお借りします」

と答えると、峰にスマートフォンを返して寄越した。

『峰、聞いたとおりだ。裕之奪還のあとに奴《やつ》らが加藤のもとに向かう可能性はゼロではない。心して備えるように』

「！　わかりました」

そういうことか、と納得したのは峰だけでなく、青柳も、なるほど、という顔になってい

た。

電話を切ろうとしたとき、櫻内が、

『ああ、それから』

と声をかけてきたため、峰は焦って居住まいを正した。ビデオ通話をしてるわけではないので姿など見えないであろうが、自然と姿勢を正してしまう。

「は、はい」

『三田村と早乙女にどう責任を取らせるか考えておくように』

「は……っ……あ、あの」

ということは二人は生きているのか、と安堵したあまり峰は大きく息を吐きそうになり、慌てて唇を引き結んだ。

「外出に同行しなかったということですね。承知しました。理由を問い質した上で厳罰を与えるようにいたします」

『どうせ裕之が不要とでも言ったのだろうが、それを聞き入れられては今後困るからな』

高沢が戻ってくるのが当然といった雰囲気を醸し出しつつ、櫻内は電話を切った。通話を終えると峰は呆然《ぼうぜん》としてしまったのだが、青柳もまたほとほと感心した様子となり、峰に話しかけてきた。

「既に高沢さんを救い出す策があるようですね、櫻内組長は」

「……驚きました。私も」

誘拐されたことに対して少しの不安も抱《いだ》いていないように感じられた。無事に救出する自信があってこそだろうが、その自信はどこから来るのか。

「高沢さんの無事がわかった時点で、安心されたのかもしれませんね。何せあの高沢さんですから」

青柳が、ややうきうきした表情となり峰を見る。

「救出を待たずに敵を倒すかもしれませんね」

「……ああ、確かに……」

高沢の立場は確かに『姐さん』ではあるが、射撃の腕で彼に勝てる人間はまずいない。当然ながら銃は奪われているだろうが、優秀な刑事であった彼は大人しく拉致されているだけの人間ではないのである。

「強火担らしくお二人を見守らせていただきますね。勿論《もちろん》、迎撃の準備は怠りません」

「すみません、組長の命令で暫し東北に留まらせていただきます」

頭を下げる峰に青柳が、

「それでしたらホテルをお取りしましょう」

と笑顔を向けてくる。

「いや、自分で取りますので」

「遠慮しないでください。あなたをこの地に残すのは櫻内組長のご厚意なのですから」

青柳が笑顔のままそう告げたあとにぽつりと言葉を足す。

「一体何を考えていらっしゃるか、いくら強火担でも凡人の私には計り知ることがかなわないんですよね……」

「………」

朗らかな口調ではあったが、青柳の瞳には冷たい光が宿っている。青柳の意図と櫻内の意図、どちらも理解しているつもりではいるが、実はまったく読めていなかったのかもしれないと、峰は今更ながら二人の傑物の心理を計りかねていた。

7

「よせ！」

高沢の叫ぶ声が倉庫内に響いた直後、青木が椅子ごと床へと倒された。

「なかなか可愛い顔をしていますね。このツバメ」

ジェラルドが言いながら青木に屈み込み、膝をついてまじまじと顔を見つめる。青木は顔面蒼白になりながらも、ジェラルドを真《ま》っ直《す》ぐに見返していた。唇を嚙んで悲鳴を堪えているのがわかる。

恐怖を抑え込んでまで、ジェラルドと対峙《たいじ》している彼は、高沢に対し害が及ばないようにと考えてくれているのだろう。それを案じるのは自分のほうだ、と高沢はジェラルドに呼びかけた。

「ジェラルドさん、お願いします。彼に危害を加えないでいただきたい」

「彼が立候補したんですよ。あなたに伝授してもらったテクニックを私に披露したいと」

「私を守ろうとしただけです」

やめてください、と重ねて頼もうとした高沢へと視線を向けるとジェラルドは、実に楽しそうに笑った。

「あなた、本当にいい人ですね」

「…………」

純粋に褒められたわけではないことはわかる。それゆえ無言で睨んだ高沢を見返し、ジェラルドが満足げな口調で話し出す。

「あなたに言うことを聞かせたい場合は、本人を痛めつけるよりこのツバメを痛ぶったほうが有効なんですね」

「……何度も言っていますが彼はツバメではありません」

しかし実際、ジェラルドの言うとおりであるため、高沢は新たに彼へのアプローチを考えねばと思考を巡らせた。

「ツバメにしたいとは思っている？」

敢えて『ツバメ』の部分を強調したからか、無事にジェラルドの興味を誘導できた。このまま、青木は単なる運転手で特別な存在ではないという方向に持っていけば彼の身の安全は守れるだろうか。あまり無価値すぎると思われると逆に危ないか。

判断が難しいと緊張を高めていた高沢だったが、ジェラルドはそんな彼の心理を見抜いたかのように、にやりと笑うと予想外のとんでもないことを言い始めた。

「図星をさされたから無反応なんですかね？　なら私が裕之の希望をかなえて差し上げまし

ょう」

「……は？」

何を言い出したのかと、高沢は咄嗟に理解できず戸惑いの声をつい上げてしまった。それを聞きジェラルドはまたにやりと笑ったかと思うと足元に倒されたままの青木に視線を向け、笑いながら指示を与えた。

「裕之を慰めて差し上げなさい」

「…………」

青木が恐怖を感じているのは手に取るようにわかった。ただでさえ思考力が落ちているところに意味のわからない命令を受け、完全に固まっている。

「理解が悪いツバメですね。ああ、ツバメではないからかな」

ジェラルドが馬鹿にしたように笑って青木を、続いて高沢を見たあと、背後に控えていた男たちに指示を与えた。

「服を脱がせろ。二人ともだ」

「！」

辱めを与えるつもりかと高沢は息を呑んだ。青木はまだ意味がわかっていないようで固まっている。男の服を脱がせるなどという異常な指示に、男たちが無表情のまま従おうとしていることに違和感を覚えている暇はなかった。

彼らは高沢と青木、それぞれに近づいてきたかと思うと乱暴な所作で服を剝ぎ取り始める。抵抗したところで逃走は不可能だとわかっていたので、高沢は大人しく座ったままでいた。青木は大丈夫だろうかと男たちの間から様子を窺うと、なすすべもなく顔を強張《こわば》らせている。

下手《へた》に騒ぐことをすればより危険だとはわかっているだろうか。追い詰められたせいで暴れ出すことがないよう、なんとか目を合わせたいと見つめていた高沢の耳に、ジェラルドの歌うような声が響いてきた。

「せっかくのショータイムを我々だけで楽しむのは気が引ける。是非《ぜひ》、櫻内組長にも見てもらいましょう」

そう告げ、背後の男に目で合図をすると、既にビデオカメラを構えていた男が一歩前に出てレンズを高沢へと向けてきた。

「さあ、始めよう」

芝居がかった仕草でジェラルドは片手を上げ、スタート、とばかりにその手を下ろした。ビデオカメラに赤いランプが灯り、録画が始まる。

「ツバメ君、早く裕之を気持ちよくしてあげないか」

ほら、とジェラルドが未だ床に倒れ込んだままでいた全裸の青木へと近づいていき、靴先で彼の肩を蹴った。

「まさか裕之に、こっちに来いとは言わないだろう?」

「……あ……」

青木が泣きそうな顔で高沢を見る。

「可愛い」

ふっとジェラルドが笑い、青木を見下ろす。が、次の瞬間、彼の綺麗《きれい》に磨かれた靴先が青木の腹に減《め》り込んでいた。

「うっ」

「青木！」

悲鳴にならない苦痛の声を上げる青木の名を高沢は思わず叫んでいた。

「カメラは回ってるんだ。早く動いてくれませんかね」

言いながら再び青木の腹を蹴るジェラルドを止めるべく、高沢は再び、

「青木」

と呼びかけた。

「た、高沢さん……」

「来るんだ。早く」

そうすれば蹴られることはない。今は指示に従うしかないという気持ちを込め、頷いてみせる。

「お待ちかねということですね」

ジェラルドの揶揄を敢えて聞き流し、高沢は、

「早く」

と青木を促した。青木は泣きじゃくりながら、なんとか身体を起こすと、立膝になり高沢の座らせられた椅子へと近づいてくる。

高沢は後ろ手に縛られているため、シャツを脱がせることができず、手錠の上からそのシャツで両腕を縛られていた。青木を脱がせた男たちは高沢を脱がせた連中よりも乱暴だったらしく、彼もまた後ろ手で拘束されているのに、スーツもシャツも破られたようで靴下のみ身につけた姿となっている。

青木がこうした目に遭ったことがあるとは高沢には思えなかった。さぞショックを受けているだろうと案じつつ、自分の前に跪《ひざまず》く彼を見下ろす。

「手が使えないのならどうすればいいか、少しは頭を使ったほうがいいですよ」

ジェラルドが自分と青木へと近づいてくる。また彼を痛めつけるつもりだとわかり、高沢はそれを阻止するべくジェラルドに声をかけた。

「申し訳ないが彼にも私にも何をすればいいのかがわかっていないのです。教えてもらえませんか？」

時間稼ぎであることはおそらく容易く見抜かれるだろう。時間を稼いだところで打開策が見つかるものでもない。しかし、と高沢は必死で頭を働かせていた。

せめて手の自由を取り戻すことができれば。それでもこれだけの人数を相手にし、この場を逃げ出すことは困難であろうが、可能性は今より見出せる。

ジェラルドの当座の目的は自分らを貶め、精神的にも肉体的にもいたぶることではないかと思う。青木を蹴り付けたとき、彼の顔に愉悦としか表現し得ない笑みが浮かんでいるのを高沢は確かに見た。

加虐の気があるのかもしれない。その性癖を逆に利用することはできないだろうか。駆け引きや計算は、高沢にとって苦手以外の何ものでもなかった。が、だからといってできないわけではない。刑事の頃、彼の検挙率が人より随分と高かったのは、仕事であればそうした能力を人並み以上には使うことができるからだった。

考えろ——考えろ。

とにかく隙を見つける。それしかない。考えに考えた結果がこれか、と情けなくなったが、どれだけの賢者であっても同じだろうと高沢は早々に諦《あきら》めた。

隙が生じるのは相手を舐めている場合が多い。盛大に舐めてもらおうと下手に出た高沢に対し、ジェラルドは別の意味の——本来の意味の『舐める』行為を提案して寄越した。

「初心《うぶ》なのか初心を装っているのか。日本語でなんと言うのでしたっけ。ああ、カマトト？　裕之がどちらなのかはわかりませんが、仕方がない。それなら教えて差し上げましょう」

ジェラルドがそう言ったあとに、自身の舌を長く出してみせる。

「……ああ……」

舌を使え——要は舐めろというのかと察した高沢はつい、同情的な眼差しを青木に向けてしまった。顔面蒼白状態だった青木は、相変わらずぶるぶる震えながら高沢を見返してくる。

「ツバメ君もカマトトですか」

一向に動き出さないことに苛立《いらだ》ちを覚えたらしく、ジェラルドが青木に厳しい目線を向ける。

「青木、女を抱いたことはあるか？」

青木に命じるのは酷ではあるが、蹴る以上の暴力を与えられるよりは、と高沢は彼に声をかけた。

「あ、あります……」

青木が消え入りそうな声でそう言い、高沢を見上げてくる。

「難しいとは思うが、俺を女だと思ってやれ。これは命令だ」

そうした趣味のない青木は当然ながら行為に嫌悪感を抱くだろうし、『姐さん』である自分に対してそのようなことをすれば、後々問題になるのではと、それも恐れていることだろう。特に櫻内からの罰を最も案じているのではと、高沢はそう考え、敢えて『命令』という言葉を選んだ。

それでも青木は動けずにいたが、高沢が、

「早く！」

と厳し目の声を出すと、はっとした表情となり、高沢を見上げ、頷いた。

「床に寝たほうがいいか？」

両脚を開き、青木の場所を作ってやりながらも、寝たほうが青木の体勢的には楽になるかと思いつき、問い掛ける。

「だ、大丈夫です。このままで」

青木の声は震えていた。が、眼差しは意外にもしっかりしていた。生き延びるためにはやるしかないと踏ん切りをつけることができたのだろう。それでいい、と安堵した高沢は青木に対し微笑み、頷いてみせた。

「おや」

と、ジェラルドの興味深そうな声が響いてきて、何ごとだと高沢は彼へと視線を向けた。

「笑うと随分と印象が変わるのですね」

驚きました、とジェラルドがまじまじと高沢を見つめてくる。なんだ、と高沢は眉を顰めたものの、見るなと言うこともできずそのまま続けることにした。

「青木」

呼びかけると呆然と高沢を見上げていた青木が、はっと我に返った顔となり、ごくりと唾を飲み込む。倉庫内にいる男たち全員の視線が自分らに集まっていることを肌で感じながら

高沢は、果たして自分はどのようなリアクションを取るのが正解なのだろうと考えた。

ジェラルドが撮りたい映像はどのようなものか、まるで予想がつかない。感じてみせればいいのか。それとも嫌悪を表面に出したほうがいいのか。とはいえ自分にそのような演技ができるかはわからないが、と高沢はそれでもジェラルドの反応を見つつ、今後の対応を考え続けていた。

そんな高沢の耳に青木の消え入りそうな「すみません」という謝罪が響き、やがて青木が首を伸ばすようにして高沢の胸に顔を埋《うず》めてきた。

べろ、と胸を舐められ、びく、と身体を震わせてしまったのは嫌悪感からだった。青木が悪いわけではない。彼とて好きでやっているわけではないのだからと、高沢は唇を引き結び、申し訳なさそうに自分を見上げてきた青木に、大丈夫だと頷いてみせた。青木もまた頷き返すと、目を伏せ、高沢の乳首を舐《ねぶ》り始める。

「…………」

胸は感じる部位ではあるのだが、今、高沢の身には少しの快感も訪れていなかった。気持ちが悪いというのが一番相応しい感覚だったが、それを表すのは正しいか否かと気づかれないようにジェラルドの表情を窺おうとするも、目が合いそうになりさりげなく視線を青木へと戻す。

自分の胸を舐り続けている彼の表情の必死さに気づき、高沢は申し訳ない気持ちとなった。

無反応のままでいるのはおそらく、正解ではない。ジェラルドの狙いは櫻内に何かしらの衝撃を与えることであると考えれば、何かしらの反応は必要となる。どちらにするかと考えた結果高沢は、『感じている』ほうを選ぶことにした。

「あっ」

堪えきれないといったふうを装い、微《かす》かに身を捩《よじ》り声を漏らす。少々わざとらしい気もしたが、これ以上の演技は能力的に無理だと、早々に割り切り、演技を続ける。

高沢がリアクションを見せたことに、最も驚きと戸惑いを見せたのは青木だった。演技と見抜き、わざとらしすぎると告げてくれようとしているのかと、高沢は彼と目を合わせようとした。が、なぜか青木は目線を上げようとせず、今まで以上に必死に高沢の乳首を舐り続けている。

舌先で転がし、強く吸い上げ、恐る恐るではあるが歯を立ててもくる。強い刺激を受けるたびに高沢は、いつもの自分の反応を思い出し、身悶《みもだ》えるふりをしつつ、声を漏らしていく。

「あ……っ……はぁ……っ」

さすがにこれは、と高沢は瞬時にして反省し、唇を嚙んで声を堪える方向へと舵《かじ》を切り直した。わざとらしすぎると自分でも気づいたせいだが、それをカバーしてくれようとしているのか、青木は一心不乱に高沢への愛撫を続けている。

「ん……っ」

俯き、身を固くする。感じているのを堪えるという演技のほうがまだ、ボロが出ないように思う。しかしこれをいつまで続ければいいのかと高沢は顔を上げ、ジェラルドへと視線を向けた。敢えて目を合わせにいったのである。

「ツバメのほうは興奮してきたようですけど、裕之はさっぱりみたいですねえ」

ジェラルドが苦笑しつつ、二人へと歩み寄ってくる。

「感じているフリなんて、そういう優しさが人気の秘密なんですかね？」

そう告げたかと思うとジェラルドはやにわに手を伸ばし、未だ高沢の胸を舐っていた青木の肩を摑んで乱暴に横へと押しやった。

「あっ」

不意打ちに体勢を保つことができず、青木が床へと倒れ込む。

「無様でしょう？」

そんな彼の肩に靴先を乗せるとジェラルドは、うつ伏せに倒れ込んだ青木を仰向けにさせようとした。が、なぜか青木が抵抗したため、更に乱暴に肩を蹴って強引に上を向かせる。

「恥ずかしがっているようですよ、彼は」

楽しげなジェラルドの笑い声が周囲に響き渡る。青木は泣きそうな顔をし、ぎゅっと目を瞑《つむ》ったのだが、露わにされた彼のペニスははっきりと勃《た》ち上がっていた。

「裕之の乳首をしゃぶっているうちに、興奮してしまったようですね。裕之自身は少しも気持ちよくなっていないのに。確かに裕之の言うように、彼はツバメではないようだ。むしろツバメ失格でしょう。本当に役に立たないな」

冷たい目で青木を見下ろすジェラルドの全身から立ち上っているのが殺気にしか見えず、高沢は慌てて声を上げ、青木の身を守ろうとした。

「運転手としては役に立ってくれています。彼もまた大切な組の一員です」

『大切』と強調すればまた、青木を盾に何をさせられるかわからないという危険は勿論ある。それでも、と高沢は敢えて強調し、ジェラルドを見つめた。

「私相手に駆け引きをしてくるなんて、裕之は本当に可愛いですね」

「…………」

ジェラルドの口癖なのだろうか。先ほどから何度も『可愛い』という言葉を口にしている。自分に対しても使うとは、本来の意味がわかっていないのかもしれない。高沢の頭にふと、『可愛い』と繰り返していた櫻内の顔が浮かんだ。

彼もまた『可愛い』の使い方を間違っている。そういえば峰も、と一人の思考の世界に入りかけ、すぐに我に返る。気を抜いて向かい合う相手ではない、と高沢はジェラルドを見つめた。ジェラルドがにっこりと、それは満足そうに微笑み、口を開く。

「あなたの可愛らしさに免じて許しましょう。そうだ、あなたが手本を示してあげるのはどうです？」

「……私が……ですか？」

そうきたか、と高沢はジェラルドの、残忍そうな微笑みを前に心の中で呟いた。

「ええ。あなたのテクニックを彼に見せて教える。立派なツバメにあなたが育ててあげるんです」

「…………」

見本か――自分が床上手などではないことを、高沢自身が一番よく知っていた。見せられる技などないが、やるしかない。

「わかりました。ただ、手本にはならないかもしれません」

これは拒絶ではなく確認だと、高沢は言葉を続けようとした。先にそう断っておくことで、『それが見本のつもりか』と責められ、より危険な状況に追い詰められるのを回避しようとしたのだが、その言葉はなぜかジェラルドのツボに入ってしまったらしく、ぷっと吹き出した直後に、肩を震わせ笑い始めた。

「なんとも……本当にあなたは可愛い人だ。ふふ、そういうことなんですね。先ほどの笑顔といい、今の可愛い発言といい、愛されるわけがよくわかりましたよ」

「…………」

馬鹿にされているという判断でいいだろうか。礼を言うような内容でもないが、何か言ったほうがいいのかと、高沢は目の前でくすくすと笑い続けるジェラルドをただ見つめることしかできずにいた。

「ああ、可笑《おか》しかった」

明るい気持ちになりました、と、それこそ明るい口調で告げたジェラルドが笑顔のまま高沢に命じる。

「それでは実技指導を始めてもらいましょう。そのツバメ、さっきまで興奮していたのがすっかり萎えてしまったようです。あなたの口で立派に勃たせてやってください」

「わかりました」

相手は青木となったか、と高沢はいつの間にか身体を起こし、蹲《うずくま》っていた青木を見下ろした。青木はそれまで高沢を心配そうに見つめていたのだが、今のジェラルドの言葉を聞いた瞬間、泣きそうな顔になりその顔を伏せていたのだった。

「青木」

名を呼ぶと青木はびくっと身体を震わせ、おずおずと高沢を見返してきた。

「立ってもらえるか？」

申し訳ない。高沢は心の中で深く青木に詫びていた。

命を守るために連れてきたのに、酷い屈辱を与えようとしている。彼にとって死ぬよりつらいことだったとしたら本当に申し訳ないという気持ちからだったが、同時に、死ぬよりつらいことが起ころうとも、生きてさえいればその傷はいつか癒えるものであるということをすべてが終わったあと、彼に伝えたいとも切実に思っていた。

死んだら終わりだ。頼む、耐えてくれと目で訴えながら命じた高沢の前で、青木は泣くのを堪えるように唇を嚙み締めると、手の自由が利かないためよろけながらも立ち上がった。

よし、と高沢は頷くと、自分もまた立ち上がり、青木の前に両膝をついて座った。

目の前には萎えた青木の雄がある。本当に申し訳ないと再び心の中で青木に詫びると高沢は口を開け、彼の雄を咥《くわ》えていった。

「た、たかざわ……っ……さん……っ」

一瞬の躊躇《ちゅうちょ》もなかったからか、心構えが間に合わなかったらしい青木が悲鳴のような声を上げたが、高沢はそれにはかまわず口を動かし続けた。

フェラチオの経験はさほどない。数回、櫻内にやりはしたが、いつも『下手』と呆《あき》れられていた。なのでとても『手本』にはなれないと思っていたのだが、今、高沢の口の中で青木の雄はあっという間に硬度を増し、たいして舐っていないというのに早くも勃ち上がりかけている。

気を遣ってくれているのか？

しかし気遣いでこうも器用に勃起させられるものなのかと、高沢はつい、青木の顔を見上げてしまった。

「あ……」

途端に酷く潤んだ瞳で自分を見下ろしていた彼と目が合ってしまい、双方いたたまれなさから慌てて目を逸らす。

とにかく、勃起してくれているのならよかった。できればこれを逃走の機会に結びつけたい。そうでなければ青木に恥をかかせただけで終わってしまうから。既に口の中がいっぱいになり、上手《うま》く舌を動かすこともできなくなっていた高沢は、青木の雄を口からひとまず出そうとした。息苦しくなってきたせいだが、そのことにめざとく気づいたジェラルドが制止の命令を下す。

「ああ、そのままいかせてあげてください。中途半端な指導は身につきませんよ」

「…………」

わかりました、と頷くと高沢は再び視線を合わせるべく青木を見上げた。青木はなぜか泣いていて、彼の頰にはいく筋もの涙の痕がついている。

いけるか？　と高沢は青木に、彼の雄を咥えたまま目で問い掛けた。青木の両方の瞳からは、ぽろぽろと涙が零れ落ちる。

「嬉しいんですねえ」

揶揄するジェラルドの声が響く中、どうしたら射精させられるかと高沢は考え、思いつくままに口を、身体を動かし始めた。

竿《さお》を扱《しご》き上げてやればいいとは思うも、手を使えないので口でするしかない。唇に力を込めてしっかりと竿を咥えたまま、頭を前後させるも、なかなか上手くいかない。

「嬉しいのはわかりましたから、君も協力しないと」

と、ジェラルドが近づいてきたかと思うと、膝で青木の尻を小突いた。

「うう……っ」

青木の嗚咽《おえつ》とジェラルドの歌うような声音が重なって響く。

「腰を振らないでどうします。裕之に少しは楽をさせてあげないと。ほら、突き上げて。あなたがいくまで終わらないんですから」

ほら、のときにまた膝で尻を小突かれた青木がジェラルドを振り返ろうとする。挑発にのってどうする、と高沢は慌てて青木を口に入れたまま彼の名を叫んだ。

青木、とは発音できなかったが、無事に青木の注意を引くことはでき、彼の視線が高沢に戻る。大丈夫だ、来い、と高沢は頷き、唇により力を込めた。

「……すみません……っ」

青木が泣きながら詫び、腰を突き出してくる。喉の奥に青木の雄の先端があたり、次第に口の中に青臭い苦みが広がってきた。

「う……っ……ん……っ」

青木の口から嗚咽と共に、荒い息遣いが聞こえてくる。さぞつらいことだろうと同情していた高沢は、自身もまた同様の目に遭っているという自覚があまりなかった。

屈辱や苦痛を与えられることに関する耐性があることに加え、自分に対してもあまり興味を抱くことがないゆえに、他者の痛みのほうをより深刻に感じてしまう。

「あぁ……っ」

ようやく青木は限界を迎えたようだが、射精した瞬間、はっとした顔になると、慌てて腰を大きく引いた。どうやら高沢に己の放った残滓《ざんし》を飲ませるわけにはいかないと思っての行動らしかったのだが、ギリギリのタイミングだったため、白濁した液を高沢の顔面に飛ばす結果となってしまった。

「す、すみません‼」

青木の悲鳴のような謝罪の声が高沢の耳に刺さる。

「大丈夫だ」

気にするな、と高沢は青木を安心させようと微笑んだ。と、高沢の顔のすぐ傍《そば》で青木の雄が脈打ち、一気に硬さを取り戻していくのがわかり、高沢はぎょっとしてつい、視線をそれへと向けた。

「あ……」

青木が呆然とした様子で己の雄を見下ろしている。そんな二人の間の気まずい沈黙を破ったのは、ジェラルドの陽気な声だった。

「よかったですよ。ショーとしては盛り上がりに欠ける気がしないでもないですが、櫻内組長を刺激するには充分でしょう」

櫻内の名が出た瞬間、青木が、ひっと声にならない悲鳴を上げ、傍目《はため》にもわかるほどにガタガタと震え始めた。

大丈夫だ、と高沢は彼を見ようとしたが、動揺が激しすぎるのか青木は少しも高沢の視線に気づかない。声をかけるしかないかと口を開きかけたそのとき、目の前に立っていた青木がいきなり床に倒れ込んだ。

「青木！」

大丈夫かと案じながら彼を押しやり床に倒した張本人であるジェラルドへと視線を向ける。

「睨まないでください」

ジェラルドは上機嫌に見えた。にこにこ笑いながら高沢の前に立ち、じっと目を見つめてくる。

「実は私も少々、刺激されましてね」

言いながらジェラルドはスーツの上着のボタンを外すと続いてスラックスのファスナーを下ろし始めた。

彼が何をしようと——何を自分にさせようとしているのか、言われずとも察していた高沢の頭に、ふと、ある考えが浮かぶ。

「ツバメ君はあっという間にいってしまったから学ぶ時間がなかったでしょう。こうして目の前で学ばせてあげるのはどうかと思いましてね」

言いながらジェラルドが己の、勃起しかけた雄を取り出し、高沢の前に示して見せる。これを逃走の突破口にしてみせると高沢は心の中で呟くと、思考をフル稼働させつつ、ジェラルドの欲情に潤む瞳を見返したのだった。

「咥えてもらいましょうか」

ジェラルドが己の雄を手に取り、先端を高沢の唇に押し当てる。高沢は口を開くとジェラルドの雄を口内へと収めた。

「ほう」

ジェラルドが意外そうな声を出し、高沢を楽しげな表情で見下ろしてくる。

「男のものを咥えるのに抵抗がないようですね。ツバメ君のも平気で咥えましたし。もしかして好きなんですか？　しゃぶるのが」

「…………」

好きなわけがない、と心の中で呟きはしたが、高沢は顔を上げなかった。ジェラルドの挑発に乗っている場合ではないと己を律し、今はフェラチオに励んでいるように見せねばと必死で口を動かす。

当然ながら嫌悪感はある。青木の放った残滓を拭うこともできなかったので、肌の上でそれが乾いていく感触もまた、気持ちが悪かった。だがそんなことに構っている暇はない。どんな小さなチャンスでも摑んでみせる、と高沢は神経を研ぎ澄ませながらも、唇を、舌を動かし続けた。

もともと自分はフェラチオが上手くはない。その上で敢えて快感を得るポイントを微妙に外し続けることを高沢は試みていたのだった。

自分にそんな技ができるのかという不安は勿論ある。不安しかないといっても過言ではないが、それでもやるしかないと、高沢は腹を括っていた。

要はもどかしさを感じさせたかったのだった。わざとと思われることだけは避けねばならないので、真剣極まりない表情で行為を続ける。

最初のうちは、ジェラルドは楽しげな表情を浮かべ、高沢を見下ろしていた。だが時間が経《た》つにつれ、彼の眉間には縦皺が寄り、首を傾げるような仕草を時折するようになった。

狙いは達成しつつあるようである。だが油断はできないと高沢は、いつまで経っても射精する気配がないことに焦っているふうを装い、ちらとジェラルドを見上げた。ジェラルドが、やれやれとわざとらしいほど大きな溜め息をつき、高沢を見返してくる。

「頑張ってもらっているのはわかりますけど、正直、全然よくありません」

「……あ……」

よし、かかった。

内心安堵していたが、そんなことはおくびにも出さず、はっとした表情を試みる。

「ツバメ君を秒でイかせたから、さぞ上手いのかと思ったら、下手ですね、あなた」

「……申し訳ありません。あの、お願いが……」

高沢はあまり緊張することはない。成功するときはするし、しないときはしない。当然ながら、成功させるための努力や自己研鑽《けんさん》は怠らなかったが、それでも上手くいかないときはある。そう割り切れているため、何をするにも緊張からは無縁だったのだが、今、彼はその珍しい緊張の真《ま》っ只中《ただなか》にあった。

大丈夫だ。緊張しないほうがおかしい状況なのだからと自身に言い聞かせつつ、高沢はジェラルドを口から出し、彼を見上げたままそう切り出した。

「お願い？」

ジェラルドが興味深そうな顔で問い返してくる。できるだけさりげなく。だが必死に、と高沢は己に言い聞かせつつ、口を開いた。

「手を……使わせてください。口だけだと上手くできないので」

「はは。上手くやろうとしているのですか」

ジェラルドが吹き出すようにして笑ったあと、不意に真面目な顔になり問い掛けてきた。

「なぜです？」

「それは……」

理由を問われることは想定内だった。考えていた言葉を返す。

「……彼の命を救いたいからです」

『彼』と言いながら高沢が視線を送った先には青木がいた。

「た、高沢さん……っ」

青木がまた、ボロボロと涙を零《こぼ》す。

「俺は……俺は大丈夫です……っ」

青木のこうしたリアクションまでは考えていなかった。しまったなと高沢はジェラルドの表情を窺う。

「ツバメ君は死にたがっているようですよ」

ジェラルドの瞳に残忍そうな光が宿る。いいきっかけになってくれるといいという祈りを胸に、高沢は必死さを心掛けつつ、ジェラルドに訴えかけた。

「お願いです。手を使わせてください。彼の命を奪いたくはありません」

「本当に可愛がっているんですね。妬けますねえ」

ジェラルドの目線は未だに青木に注がれたままである。青木を殺されたらどのような反応を見せるか、楽しもうとしているのかもしれないと焦りながら、高沢はジェラルドの気を引く言葉を発した。

「少しでも疑わしい行動をとったら撃てるよう、銃を構えた状態で皆さんに取り囲んでもらうのでも結構です。それなら安心でしょうから」

「そんな悪趣味な」

ジェラルドはせせら笑ったが、彼がその気になったことは続く言葉で伝わってきた。

「私の射精を部下たちに披露せよというんですか。できませんよ、そんなこと」

「お願いです。手を使わせてください。お願いします」

重ねて頼み、頭を下げる。顔を見せないほうがいいと判断したのは、『必死』という表情を作りきる自信が持てなかったからだった。演技と見抜かれた時点でチャンスは潰える。少しでもリスクは減らしたいと顔を伏せたのだが、ジェラルドの手が伸びてきて顎を捉えられ、強引に上を向かされた。

「櫻内組長にもそうして頼むのですか？　咥えさせてほしい、手を使わせてほしいと」

ジェラルドの性的興奮は先ほどより増しているように感じられる。やはり彼には加虐の趣味があるのだろう。彼の興奮をより煽《あお》り、思考力を鈍らせるにはあとひと押し、と高沢は頭を働かせ、今の問いで彼がほしいであろう答えを口にした。

「……組長にはフェラチオをあまりしたことがないのです」

言いづらい内容であることは確かだが、必要以上にその気持ちを表面に出す。櫻内組長にもしないフェラチオを自分がやらせているということで、優越感を覚えるのではという高沢の読みどおりの展開にことは進みつつあった。

「なるほど。裕之はただ可愛がられていると、そういうことなんですね。だから全身キスマークだらけだと」

ジェラルドが上機嫌になったのがわかり、高沢は密《ひそ》かに安堵した。

「……なので口だけではどうしても上手くできなくて……お願いです、手を使わせてもらえませんか？　手を使えば少しは満足していただけるようにできると思うのです」

丁寧に頼み込むことで、より優越感が増すのではという狙いも無事に当たったようだった。

「そうまでして私に満足してもらいたいだなんて。櫻内組長はさぞ悔しい思いをなさるでしょうねえ。自分の知らないところで裕之がフェラチオの上達を試みているのですから。しかもまったく別の男相手に」

楽しそうにジェラルドは笑うと、背後の男たちへと視線を向けた。

「可愛い裕之の頼みを聞いてあげましょう。手錠を外してあげなさい」

「………」

男の一人が無言のまま頷くと、高沢の背後に回り、手錠の鍵《かぎ》を外し始めた。

「何ができるわけでもないとは思うが、本人のリクエストでもある。皆、裕之に銃を向けなさい。間違っても私を撃たないように」

苦笑しつつジェラルドが冗談めかしてそう告げたときに、場に緊張が走ったのがわかった。銃を発射するといった命にかかわることでなくとも、ミスには厳しいのかもしれない。周囲の人間の緊張状態が高いのはありがたい状況だと、高沢は密かに心の中で、よし、と頷いた。

「銃に取り囲まれる中、必死で私をいかせようとフェラチオを続ける……絵的にもいいですね。実にスリリングだ」

録画は相変わらず続いていたようで、ジェラルドはカメラを持つ若い男の位置を細かく指定し始めた。

「私を映してどうする。裕之の顔を映すんだ。アップばかりじゃなく、たまには拳銃に囲まれている状況を映すのもいいね。ああ、そうだ」

と、ここでジェラルドがいいことを思いついたといった顔になり、にこやかに高沢に話しかけてきた。

「両手が自由になったんです。私に使うのは片手でいい。もう片方の手では、抱かれる準備をするというのはどうでしょう？」

「……準備……ですか？」

予想外の要請に高沢は素で戸惑い、眉を顰めた。

「なんと。櫻内組長は本当にあなたには何もさせずにいるんですね」

ジェラルドがわざとらしく驚いた顔になる。

「アナルセックスの前には『準備』が必要でしょう？　慣らしてからでないとあなたもつらいはずだ。慣らすのもすべて組長がやってくれているんですか？　自分で自分のそこを解《ほぐ》したりはしないと？」

「……はい……」

そういうことか、と察すると同時に高沢は、悪趣味だなと顔を顰めそうになり慌てて堪えた。

「顔射はもう見せてもらったので、次は本番はどうかと思うんですよ。自分を抱いてほしくて必死で勃起させようとしているというストーリーです。ドラマ性があったほうが櫻内組長により楽しんでもらえるんじゃないかと。いかがです？」

「………」

より楽しむのは自分だろうと思いはしたが、今は従うしかないと高沢は頷きながら、自分が従う『理由』を強調してみせた。

「そうすれば彼の命を救うというのなら」

『彼』と言いながらまた目で青木を示す。

「高沢さん！　やめてください……っ」

泣きながら青木が訴えかけてきたが、それもまたドラマ性と見てもらえるのではと、高沢は青木を無視し視線をジェラルドに戻した。

「出来栄えによりますけどね」

ジェラルドは今、絶対的優位性を持っていると確信しているように見えた。隙が生まれる条件は整った、と高沢は心の中で呟くと、そのためにも、とジェラルドに言われたとおりの行為にとりかかることにした。

周囲の男たちは高沢に向けて銃を構えている。しかし下手をすればジェラルドに当たってしまうため、安全装置は誰一人として解除していなかった。あとはいつ決行するかだ。やはり皆の——少なくともジェラルドの気を逸らせておく必要がある、と再び彼の雄を咥え、自由になった右手で竿を扱きあげる。

自分に性技があれば、そうした隙も生まれやすかっただろうにと、高沢は生まれて初めてそれを悔やんでいた。

「準備のほうも忘れないように」

揶揄していることがありありとわかる口調でジェラルドに言われ、演技力もほしかったと、やはり生まれて初めてそんな願望を抱く。

挿入の準備のために後ろを弄《まさぐ》る。体勢的に無理があるが、だからと言って容赦してもらえるわけでもない、と手を後ろに回す。

指先をそこに挿入したとき、ごくりと唾を飲み込む音が高沢の頭の上で響き、つい、ちらとジェラルドの表情を窺った。ジェラルドが視線を受け、ニッと笑う。

「そうです。続けて」

「…………」

わかった、と高沢は頷き、口を、手を動かし始めた。射精の瞬間を狙うことにしようと決

め、彼の竿を扱き上げる。

「ほら、左手が止まってますよ」

ジェラルドの声は上擦ってはきたが、いくにはまだ不充分のようである。指摘されては無視もできないと、高沢は己の後ろを弄るべく腰を捩った。そのままでは奥まで指が入らなかったからだが、どうやらその動きがジェラルドの性的興奮を煽ったようで、高沢の口の中で彼の雄がドクンと大きく脈打ち、先端から滴る先走りの液の苦みが舌を刺すようになった。

腰か、と思うも、狙うと興醒め状態となりそうで、高沢はできるだけ意識しないように試みつつ、動作を続けていった。

ジェラルドは無事に興奮してきたらしく、息遣いが乱れてきているのがわかる。彼の視線が外れたときがチャンスなのだが、それには射精を待つしかないかと諦めかけたときに、青木が叫んだ。

「高沢さん！　もう、もういいです！　俺のために……俺なんかのために……っ」

ほぼ同時にジェラルドの舌打ちが聞こえ、今だ、と高沢は、跪いていた片足を伸ばすと狙いをつけていた、一番近くで銃を構えていた男の足を払い、バランスを失わせた上で彼の手から銃を奪った。

「な……っ」

ジェラルドが驚きの声を上げたときには、高沢は彼の手下から奪った銃を安全装置を外した状態で構えていた。銃口は真っ直ぐにジェラルドへと向いている。

「なんと」

ジェラルドは即座に状況を把握したようだった。しかしさほど動揺しているようには見えず、彼の頬には未だ笑みが浮かんでいた。

「そういうことだったんですね。これは一本とられたな」

銃口を向けられているのになぜそうも落ち着いていられるのか。去勢を張っているようには見えない。高沢は眉を顰めジェラルドを凝視した。ジェラルドもまた真っ直ぐに高沢を見返している。

「た、高沢さん……」

と、そこに青木の声が響いた。高沢は緊張を保ちつつ、彼のほうを見ずに指示を出した。

「青木、俺の側に来い」

「は、はい……っ」

青木が返事をすると、何人かの銃口が彼に向いた。青木が息を呑む音が聞こえてくる。

「彼を撃てば俺も引き金を引く」

だが高沢がそう言うと、男たちは皆、顔を見合わせたあと、銃口を高沢へと向け直した。

「高沢さん……」

青木が這《は》うようにして高沢の足元へとやってくる。視線をジェラルドから外せないので高沢は彼の表情を視界の端で見るしかなかったが、動揺はかなり治まっているように見えた。

「大丈夫か」

それでも一応確認を取ると、青木は即座に、

「はい！」

と声を張り返事をして寄越した。よし、と高沢は微笑み頷いたのだが、その瞬間、場になぜか緊張とも驚嘆ともいえる空気が漲《みなぎ》った。

「？」

なんだ？　と思いはしたが、気を逸らすわけにはいかないと高沢はジェラルドを睨んだ。これからが交渉である。彼を人質にここを抜け出す。裸のままでいるわけにはいかないので服を着る必要があるが、その間は青木に銃を任せて大丈夫だろうか。不安だなと高沢が思考を働かせているその前では、呆《ほう》けたような顔になっていたジェラルドが不意に笑い始め、高沢は何事かと彼を見やった。

「なるほど……あなたの魅力がわかってきました。櫻内組長はあなたの笑顔にやられたんですね」

「…………」

意味がわからない、と高沢はまた、眉を顰めた。この状態で揶揄を口にできる神経の太さには感心する。そろそろ動き出さないと策を講じられる危険がある、と高沢は今のジェラル

ドの発言を無視し、己の希望を口にした。

「あなたを人質にここを出ます。車を用意させてください」

「裸のあなたとドライブですか。街中は目立つでしょうね。ああ、装甲車にしましょうか。それだと車が悪目立ちするかな」

悔しいくらいに余裕綽々たる彼の、その余裕はどこからくるのか。抑えておきたい、と高沢は彼に問い掛けた。

「私が撃たないと思っているのですか？」

「いや、撃つでしょう。裕之が射撃の名手であるのは有名な話です。警察にいた頃にはオリンピックに出ないかと誘われていたのでしょう？　出ればよかったのに。メダルも獲れたのではないですか？」

「……それならなぜ……」

人は撃てないと、そんな誤解をされているのか。そのような疑問を持っていることをジェラルドは正確に見抜いた上で否定してきた。

「動かない的だけでなく、ちゃんと人間も撃っているということも勿論知っていますよ。正確な射撃の腕のおかげもあって、あなたの犯人検挙率は高かったそうですね。今は菱沼組で櫻内組長のパートナーとしての評判も高いと聞きます。第一印象ではその噂《うわさ》には懐疑的だったのですが、今となっては納得ですよ」

ベラベラといつまでも喋り続けるジェラルドにはやはり何か策がありそうである。今、この場にいる彼の手下たちに何かさせようとしているようには見えないが、と高沢はますます眉間に縦皺を刻みつつ、彼に再び指示を出した。

「車を用意してください」

言いながらジェラルドに近づき、額に銃口を押し当てる。

「抵抗すれば撃ちます」

場の空気が一気に緊迫したのがわかった。

「ボス……っ」

手下たちの中では一番格上と思しきサングラスの男がジェラルドに悲鳴のような声をかける。

「落ち着け。裕之は優しいから無闇に撃ちはしない。車を用意して差し上げるといい。彼とドライブを楽しんでくるよ」

ジェラルドの指示を受け、サングラスの男は一瞬息を呑んだが、すぐ、

「かしこまりました」

と返事をし、その場を離れていった。

「とはいえ、私は人質にはなり得ないと思いますよ」

銃を、しかも顔に突きつけられているというのに、ジェラルドからは笑顔が失われない。

しかし言葉の内容は嘘だ、と高沢は彼の手下たちの動揺ぶりを見て確信していた。

「あなた以上に人質に相応《ふさわ》しい人間はこの場にはいないと思いますが」

「それはそうですね」

はは、とジェラルドはすぐに高沢の言葉を肯定したが、先ほどの発言を撤回しようとはしなかった。

「でも、人質にはなり得ないんですよ。なぜだかわかりますか？」

子供にものを教えるかのような、上からの態度で問うてくる彼の意図はなんなのか。苛立たせて隙を見つけようとしているのか。それには少々違和感があると訝りつつ、高沢は彼に問い返した。

「時間稼ぎですか？」

「まさか。そう思われるのなら、今、教えて差し上げましょう」

ジェラルドはそう言うと、口角を笑みに上げたまま喋り始めた。

「今、この場で私を殺せば、あなたもあなたの大切なツバメも蜂の巣になる。だからこそ私を連れて逃げようとしているのでしょうが、どの道私を殺せば即座に組織は動きます。香港三合会が一体となり、菱沼組への報復に向かってくるでしょう。櫻内組長は優秀なかたです。素晴らしい慧眼《けいがん》の持ち主なのでしょう？　そんな彼が今、そのリスクを冒すと思いますか？　迎え撃つ準備も整っていないところに攻撃を受けることがわかった上で、あなたを救うと、思いますか？」

「それなら」

心理戦かと高沢はジェラルドを論破すべく、彼と向かい合う。

「あなたが言うように、あなたが組織にとって大切な人間であるというのなら、ますます人質としての価値は上がるんじゃないですか。香港三合会との交渉で我々が優位に立てるのでは」

「それはどうでしょうね」

ジェラルドが肩を竦める。顔を動かしたことで、高沢が押し当てている銃口が額の上で微かに動くことになり、手下たちが一斉に息を呑む音が聞こえてきた。

「矛盾してませんか？」

先ほどの話と、と指摘した高沢にジェラルドが笑顔を向ける。

「三合会が欲しいのはきっかけなんですよ。私を交渉材料にしようとした時点で彼らは私を見捨てるでしょう。あくまでも欲しいのはきっかけです。組織が一体となるね。私の誇りを奪ったといった理由をつけ、交渉の席につくことなく攻撃を開始すると思いますよ」

「………」

彼の言うことは事実か。ハッタリの可能性が高いとは思うが、そうでなかった場合のことを高沢は考えずにはいられなかった。

「足掻《あが》きたいというのなら付き合いますよ。裸のあなたとドライブをするのもいいでしょう。さあ、どうします？」

ジェラルドはどこまでも余裕を見せつけてくる。彼の言うとおりだった場合、人質として連れ帰った時点で菱沼組は香港三合会総出の攻撃を受けることになるという。櫻内のことであるので、いかなる攻撃であろうと迎え撃つ準備は怠ってはいないと思うが、それでも香港黒社会が集結してとなると、不安を覚えずにはいられない。

しかしジェラルドを人質にする以外に脱出の術《すべ》はない。逃走までの盾にし、すぐにも解放した上で、早急に櫻内に組の危機を知らせる。それしかない、と高沢は心を決めジェラルドを見た。目が合ったことで、にっこりと微笑んで寄越した彼に決意を告げる。

「足掻かせてもらう」

「ドライブですね。わかりました。車までお連れしろ」

ジェラルドがサングラスの男に目配せする。男が頷き、ちらと周囲に視線を向けたのを見て高沢は、何かするつもりだと察し緊張を高めた。

「青木、気をつけろ」

自分だけでなく青木にも注意を促す。

「は、はい……」

青木の声が震えている。しっかりしてくれ、と言いたい気持ちを堪え、高沢は彼に頷くと、サングラスの男の先導で倉庫の出入り口へと向い歩き始めた。

ジェラルドの頭に銃を突きつけた状態で前を歩かせ、そのあとに高沢が、そして青木が続く。

「あっ」

青木が何かに躓《つまず》いたような声を上げたため、高沢は、はっとし、横目で様子を窺おうとした。

「た、高沢さん……っ」

震える彼の声が背後でしたことで、やられた、と気付かされる。

状況を見るにはと高沢はジェラルドに背後から抱きつくようにして銃口を彼のこめかみに押し当てると、そのまま後ろを振り返り、ある意味想像どおりの光景を前に溜め息を漏らしそうになった。

「す……すみません……っ」

青木は今、手下の一人に羽交い締めにされ、別の一人にこめかみに銃を向けられていた。

「ボスを撃ってもいいのか？」

高沢は彼らを睨め付け、厳しい声音でそう告げながら、ジェラルドのこめかみに銃口をより減り込ませる。手下たちは息を呑んだが、ジェラルドは欠片《かけら》ほどの動揺も見せなかった。

「ツバメ君を殺してもいいんですか？　あなたは彼を見殺しにはできないのでは？」

「…………」

ジェラルドの言うことは正しい。青木を救ってほしいと訴えたのはチャンスを作るためだったが、彼を救いたいという気持ちに嘘はなかった。

人質としてとられた段階で、場の状況は自分にとってこの上なく不利になったと認めざるを得ない。どうするかと考える余裕をジェラルドは与えてくれなかった。

「あなたとドライブしたい気持ちはありますが、それよりこのまま香港にお連れしましょう。なに、年寄り連中を説得するのは得意ですから。何より私はあなたに興味を持った。より深く知り合いたくなったんです」

言いながらジェラルドは己のこめかみに当てられた銃の銃身を摑もうとした。咄嗟にその手を避けようと高沢は銃をジェラルドから遠ざけたのだが、その瞬間、彼の頭に閃《ひらめ》きが走った。そのまま銃口を己のこめかみに向けたのである。

「……何をなさってるんです？」

ジェラルドが珍しく戸惑った様子となっている。自棄になったわけではない、と高沢は彼を真っ直ぐに見据え、口を開いた。

「先ほどあなたは、あなたを殺せば香港三合会が菱沼組を皆殺しにすると、そう言いましたね？」

「ええ。それが？」

ジェラルドの眉間に縦皺が寄る。それがどうしたと言いたげな彼に高沢は、一か八かと思いつつ、声には自信を込めてこう、言い放ったのだった。

「私が今、この場で死ねば、櫻内組長はあなたたちを一人残らず探し出し、命を奪うでしょう」

「…………なんと」

ジェラルドが、ヒュウ、と口笛を吹く。瞳の煌《きら》めきがこの瞬間一気に増していくのを目の前に、高沢は唇を引き結び、彼を睨みつけていた。

「すごい自信だ。それだけの価値が自分にはあると、そう言いたいんですね」

揶揄しているというよりは、心底感心しているような表情をジェラルドは浮かべていた。

「試してみましょうか」

実際、自信があるかと問われたら、正直なところ『ない』としか答えられなかった。櫻内にとっての自分がそこまでの存在であるとは到底思えない。だがそれを気取られてはならない、と高沢はジェラルドを尚も睨み続けた。緊迫感溢れる時が暫し流れる。

「ボス！」

と、出入り口のほうから一人の若い男が駆け寄ってきて、場の状況に驚き、立ち尽くした。

「どうした？」

どこかうっとりとした表情を浮かべているようにも見えたジェラルドが、我に返った様子となり、男を振り返る。ジェラルドが目で合図をすると男が中国語と思しき言葉で何か報告をした。聞いたジェラルドは、やれやれという顔になり肩を竦め、高沢へと視線を向ける。

「どうやらここを特定されたようです。数分後には取り囲まれることになると……予想より随分と早い。さすが櫻内組長ですね」

そう言うとジェラルドは自分と高沢を囲んでいた男たちに中国語で何かを告げた。男たちは一瞬、戸惑ったように顔を見合わせたが、すぐに頷くと構えていた銃を下ろし、出入り口に向かって駆け出していった。青木も放り出されるようにし、床へと倒れ込む。

「大丈夫か」

高沢が声をかけると青木は「はいっ」と高い声で返事をしたあとに、高沢を心配そうに見つめている。そんな彼と高沢を順番に見やったあと、ジェラルドがにっこりと微笑み口を開いた。

「どうやら今回は我々の認識が足りていなかったようです。出直してきますよ。近いうちにね」

そう告げ、高沢にウインクをしたかと思うとジェラルドは踵《きびす》を返し、颯爽《さっそう》とした足取りでその場を立ち去っていった。

「……高沢さん……」

引き際がよすぎるだろうと唖然《あぜん》としていた高沢だったが、青木に声をかけられ我に返った。

「大丈夫か」

問うた彼の前で青木がぼろぼろと涙を零す。

「本当に申し訳ありません……っ。俺……俺……っ」

「落ち着け。まだ油断はできない」

ジェラルドたちは本当に立ち去ったのか。罠《わな》ではないとは言い切れないのだから、と高沢はまずは服を着ることにし、青木にもそう声をかけた。

「は、はい……」

青木は涙を拭いつつ返事をしたが、彼の服は破かれてしまっているものが多かった。高沢はまず、シャツを羽織り、脱がされた下着を身につけようとしたのだが、そのとき遠くでブレーキ音がした直後にバタバタと車のドアの開閉の音が響いてきたため、何ごとかと身構え、耳を澄ませた。

やがて大勢の人間の足音が近づいてきたため、まだ下半身は裸のままだったが高沢は足音の主を迎えるべく銃を構えた。敵か味方かの確信を抱くには情報が少なすぎたのである。

『敵』であった場合はとにかく、青木を逃す。神経を張り詰めていた高沢の視界に最初に入ってきたのは、見覚えのある――などという言葉では表現できない、見慣れた、そして誰より、何より高沢を安堵させる男の美しい顔だった。

「遅くなった。大丈夫か」

「……ああ」

先ほどジェラルドが言ったことは本当だったようだ。遅くなどない。遅いどころか、と高沢は櫻内に対し深く頭を下げた。

「この度の不手際、誠に申し訳ありません」

と、櫻内が溜め息をついたのが耳に届き、高沢は尚も深く頭を下げた。怒りが深いのだろうと思ったからだが、次の瞬間伸びてきた手に腕を摑まれたかと思うと、その場で抱き上げられてしまった。

「……っ」

驚きから息を呑んだ高沢と額を合わせるようにし、櫻内が囁《ささや》いてくる。

「そんな言葉が聞きたいと思うか？」

「……え？」

櫻内の顔には安堵の笑みがあった。らしくなく彼の前髪が一筋、額に落ちている。

「……どれだけ心配したと思っている」

告げる声はいつもの張りのあるバリトンだったが、声音にも安堵が滲《にじ》んでいるのがわかる。

「……申し訳ない」

それで詫びた高沢に対し、櫻内が首を横に振る。欲しているのは謝罪ではないとはわかったが、何を言えばいいのかの判断がつかず、高沢は暫し櫻内を見つめた。櫻内もまた真っ直ぐに高沢を見つめ返していたが、やがて苦笑するとまた、高沢の額に額を合わせてきた。

「……お前のことだから大人しく捕まってはいないだろうと信じてはいたが、それでも心配だった」

囁くようにして告げられた言葉が、高沢の胸に沁《し》みてくる。やはり告げたいのは謝罪だが、それ以外となると、と高沢は考え、真っ先に頭に浮かんだ言葉を告げたのだった。

「俺も信じていた。あなたのことを」

そう、信じていた。だからこそ己に銃を向けるという勝負にも出られた、と高沢はきっぱりと告げたのだが、それを聞いた櫻内は一瞬啞然とした顔になったあと、ふっと笑い、高沢を宙に浮かせる勢いで抱き直した。

「……っ」

不意のことに驚き、咄嗟に櫻内にしがみついた高沢の髪に顔を埋め、熱く囁く。

「お前はいつも俺の予想の上をいく」

「……え？」

意味がわからないと眉を顰めたその顔を櫻内が覗き込むようにして唇を合わせてくる。

「ん……」

貪《むさぼ》るような口づけを受けながら高沢は、危機を脱したのだという実感をしみじみと嚙み締めていた。

9

櫻内に抱かれた状態で建物の外に出たとき、高沢は自分が拉致監禁されていた場所はやはり、港湾地区の倉庫だったことを知った。広大な建物の周りを十数台の黒塗りの車が囲っている。櫻内が姿を現すと皆の視線が一斉に集まってきたのがわかり、今の自分の格好と、櫻内に横抱きにされているという状況を高沢は恥じ顔を伏せた。

「高沢さんっ」

聞き覚えのある声で呼びかけられ、そのほうを見ると、少し離れたところに停まる車の前で、三田村と早乙女が青ざめた状態で立っている。二人の顔には酷く殴られたあとがあり、高沢はぎょっとして思わず声をかけそうになった。が、それより前に櫻内により、彼と共に車に乗り込まされてしまう。

「……もしかして……」

三田村と早乙女はもしや罰を受けたのではないか。処罰の理由はボディガードとしての役割を果たさなかったから。しかしそれは違うのだ、と高沢は二人のために事情を説明しようと櫻内を見上げた。が、櫻内は掌《てのひら》を高沢の両目の上へと伸ばしてきたかと思うと、

「今は休め」

それだけ言い、目を閉じるよう促してきた。

「……しかし」

「俺も気が立っているからな。今は何も言うな」

淡々とした声音ではあったが、静かな怒りを孕《はら》んでいるのがわかり、高沢は言われたとおりに口を閉ざした。

「いい子だ」

くす、と櫻内が笑う声がしたと同時に、閉じた瞼《まぶた》の上に彼の温かな唇の感触を得、胸に急速に広がる安堵の念から高沢は自然と微笑んでいた。

「……まったく」

櫻内の苦笑が頭の上で響き、再び唇が額に押し当てられる。

「?」

不機嫌になったわけではなさそうだが、何が『まったく』なのか。呆れられているとしたのなら、すべてにおいてその対象だという自覚があったため納得するが、と高沢は心の中で呟くと改めて櫻内に対し、そして組に対して申し訳なく思った。

どれだけの迷惑をかけたことだろう。誘拐されるときに何人の組員の命が失われたことか。もっと気をつけていれば防げたのではないか。油断がまったくなかったと言い切れるか。

言い切れない。自分の身は自分で守れると思い込んでいたが、実際は自分の身は勿論、護衛役の誰一人として守れなかった。

謝ってすむことでも、後悔して終わることでもない。溜め息を漏らしそうになり、唇を噛む。と、その唇に温かな感触を得て、高沢は薄く目を開いた。

「今は休めと言ったはずだ」

触れていたのは櫻内の白魚のような美しくも繊細な指先だった。爪の先までよく手入れがされている指が離れ、その手が再び高沢の両目を覆う。

「……はい……」

返事をすると、目の上に置かれた掌に、微かに力がこもったのがわかった。寝ろということだと察した高沢は、その命令に従うべく思考を手放し、眠りの世界へと入ろうとした。

しかし眠ろうと思って眠れるものでもなく、再び考え始める。とはいえ彼が考え始めたのは今までのような後悔ではなく、ジェラルドについて、そして彼の属する組織についてだった。少しでも役立つ情報を櫻内に伝えたかったのである。

香港三合会の組織の一つであることはわかった。しかしあとはジェラルド・リーという名くらいしか明かされていない。彼の目的は櫻内組長、そして菱沼組だった。具体的な目的はなんだったのか、組を壊滅させることか。それとも傘下に置くつもりだったのか。

岡村組ではなく菱沼組に目をつけたのは、日本最大組織である岡村組では取り込めないと判断したからかもしれない。菱沼組を抑えれば岡村組にも対抗できると、そう踏んだのだろうか。

若しくは私怨。高沢の脳裏に金子の顔が浮かぶ。彼が菱沼組や櫻内組長を恨んでいるかはわからない。だが確実に自分のことは嫌っていた、と高沢はかつての彼とのやりとりを思い出していた。

金子の三室への執着、あれはなんだったのか。愛情なのか。それとも――他の『情』の候補が見当たらず、やはり『愛』かと結論を下すも、理解できたとはいえなかった。

愛し愛される関係になりたかったということか。三室が金子に対してどのような感情を抱いていたか高沢は知らない。

偽りの親子ではあったが、家族としての情は与えていたのではないのか。金子が求めていたのは家族ではなく、恋人だったと、そういうことなのだろうか。

要は三室に抱かれたかった、若しくは抱きたかった――しかしその対象が三室となると、今ひとつ実感が湧かない。高沢は首を傾げそうになり、また櫻内に寝ろと言われてしまうと気づいて堪えた。

三室は不能と自分で言っていた記憶がある。それ以前の問題として、彼と性欲がどうもうまく高沢の頭の中で結びつかないのだった。

人の好みはそれぞれなので、金子が三室に性的欲求を抱いていたとしても不思議はないのだろうが、それでもどうにもしっくりこないと感じてしまうのはおそらく、自身が三室をある意味神格化しているからかもしれない、と高沢は気づいた。

性欲とは無縁であってほしい——具体的にそんな願望を抱いたことはなかったが、常に自分の指針となる尊敬する相手であってほしいというような願いを無意識のうちに彼に対して抱いていた。

そういう意味では自分にとって三室は『特別な存在』ではあったかと、高沢は今更自覚し、我ながら遅い、とまたも溜め息をつきそうになった。

しかし三室が自分に対して同じように『特別』であったとはやはり思えない。だが金子はなぜかそう思い込んでいる。彼の自分への憎しみはそこからきていると思われるが、三室亡き今、その憎しみが事実に基づくものなのか、はたまた金子の単なる思い込みなのか、正解を示すことができる人間はいなくなった。

金子が恨んでいるのが自分であるのなら、自分だけを攻撃してほしいものだ。櫻内にも組にも迷惑をかけたくない。金子と話し合いの場を持つ術はないだろうか。その術を探るにも櫻内に迷惑となってしまうかもしれないが、と、思考を続けていたのだが、車の振動や目の上に置かれた櫻内の掌の温かな感触のせいで、自然と眠くなってきた。

寝ている場合ではない。櫻内に問われるより前にすべてを報告できるよう考えをまとめねばと思うも、睡魔は驚くほどのスピードで高沢の脳へとはびこり、

「ついたぞ」

と櫻内に揺り起こされるまで高沢は彼の膝を枕に熟睡してしまっていたのだった。

松濤の屋敷に戻ると櫻内は高沢を彼の私室に続いている浴室へと抱いていった。高沢が羽織っていたシャツを脱がせ、再び彼を抱き上げて浴室へと入る。

既にバスタブには湯が張ってあった。いつもは透明な湯が、今日は泡が縁まで盛り上がったバブルバスとなっている。

「一人で入れる」

高沢はそう声をかけ、下してほしい、と訴えた。

「どこも怪我《けが》はしていない。痛むところもないし、意識もしっかりしているので風呂で溺れることもない」

大丈夫だと主張する高沢をゆっくりと湯船の中に下すと櫻内は、

「それをこの目で確認したいのさ」

と笑い、シャツの袖を捲《まく》り上げた。そうして湯船の中で高沢の身体に泡を纏《まと》わせるようにして掌で擦り上げ始める。

くすぐったい、と高沢は笑いそうになったが、笑っていいものかがわからずじっとしていた。ふと、顔に青木の精液を浴びたことを思い出し、手で湯を掬《すく》って顔を洗う。

「何をされた？」

と、静かな声音で櫻内が問い掛けてきた。

「あ……」

最初から説明したほうがいいだろうか。拉致されたところからかと口を開きかけた高沢の考えを察したらしく、櫻内がすかさず言葉を足した。

「服を脱がされてはいたが、強姦されてはいなそうだな？」

「されていない。見せしめというか辱めを与えたかったのではないかと思う」

おそらく、と答えた高沢を見て、櫻内が苦笑する。

「よかったよ。ああ、身体に負担がかかるようなことをされなくて、という意味だぞ」

「……？　ああ」

頷いたあと高沢は今の櫻内の発言の意味を考え、もしや、と気づいた。

強姦されなどしたら、櫻内に面目が立たないと、それを案じてくれたのだろうか。

「違う」

何を言ったわけでもないのに櫻内は吹き出して否定すると、

「立て」

と高沢を湯船の中で立たせた上で後ろを向かせた。

「洗ってやる」

「そこは……」

何もされていないと言ったのを信じていないのかと、高沢は肩越しに櫻内を振り返った。

「縁に手をついて腰を上げるんだ」

目が合うと櫻内は微笑んでそう言い、ほら、と顎をしゃくって言うことを聞くよう促してきた。

それで気が済むのならと高沢は言われたとおりの姿勢となり、再び肩越しに櫻内を振り返った。

「役得だ」

櫻内がニッと笑ってそう言うと高沢に手を伸ばし、雄を、後ろを弄り始めた。

「ん……っ」

ゆるゆると雄を扱き上げられながら、後孔に挿入させた指でゆっくり中を掻き回していく。

先ほどの『役得』とはどういう意味だったのだろう。自分のほうこそ『役得』なのではと、櫻内の巧みな愛撫に身を任せながら高沢は、気づかぬうちに淫らに腰を振っていた。

「なんだ、おねだりか」

くす、と背後で櫻内に笑われ、そのことに気づいて赤面する。ねだったつもりはなかった。

だが、己の身体が何を欲しているのか、揶揄されたことで自覚した彼は、与えてもらえるものなら、との願いを込め、櫻内を振り返った。

「素直だな」

櫻内がにっこりと、黒曜石のごとき美しい瞳を細めて微笑む。白皙の頬が浴室の熱気のせいか微かに上気し薄紅色に染まっている様がまた美しい、とつい、目を奪われていた高沢を見て、櫻内はまた苦笑めいた笑みを浮かべると背中から覆い被さるようにして耳元に囁きかけてきた。

「そのまましっかり縁を摑んでいろ。頭から湯に突っ込むことがないように」

くすっ、と笑った櫻内の息が高沢の耳朶《じだ》を擽《くすぐ》る。たまらない気持ちが募ると同時に、ぞわ、とした悪寒めいた感覚が一気に背筋を上り、びく、と身体を震わせてしまった。

またも櫻内にくすりと笑われ、羞恥が増す。その恥ずかしさは、ジジ、というファスナーの下りる音を聞いたときに、ごくりと唾を飲み込んでしまったことでますます増すこととなった。

熱い塊が後ろに押し当てられると自然と腰が浮く。そのことも恥ずかしい。羞恥を覚えることで自身の欲情がこの上なく煽られていくのも恥ずかしく、いたたまれなさを感じるも、ずぶ、と櫻内がその逞《たくま》しい、そして特徴的な雄を挿入させてきたときには、与えられる悦《よろこ》びにすべての思考を手放していた。

一気に奥まで貫かれたあとには、激しい突き上げが始まった。

「あ……っ……っ……はぁ……っ……あ……っ」

浴室内に高沢の切羽詰まった喘《あえ》ぎが響く。櫻内の雄は所謂《いわゆる》『真珠』――シリコンが埋め込まれている。過去の櫻内の愛人たちは皆、ゴツゴツとしたそれで奥を抉《えぐ》られると、天国を見たと言っていたそうだが、今現在、その『天国』を味わえるのは高沢一人となっていた。

「あ……っ……あぁ……っ……あぁ……っ」

泡で手が滑り、縁から外れそうになる。しっかり摑まっていないと自力では到底立っていられるような状態ではなく、高沢は必死に体勢を保とうとした。が、櫻内の激しい突き上げはそんな努力を嘲笑するかのような勢いで高沢の身体を弄ぶ。高すぎる快感の波に翻弄されるうちに思考力はゼロとなり、あられもない言葉を叫ぶようになっていた。

「いく……っ……もう……っ……だめだ……っ……いきたい……っ……いかせてほしい……っ……お願いだ……っ」

頭を激しく縦に振りながら懇願する。今や高沢の腰は、櫻内の突き上げを求め淫らに突き上げられていた。

「お前の願いを俺が聞けないわけがないだろう」

遠いところで櫻内の苦笑が響いていたが、既に高沢の耳には届いていなかった。と、櫻内の手が高沢の願いをかなえるべく、雄を勢いよく扱き上げる。

「あーっ」

直接的な刺激に耐えられるはずもなく、高沢は高い声を上げて達し、白濁した液を放っていた。

「……っ」

射精を受け、後ろが激しく収縮し櫻内の雄を締め上げる。その刺激が櫻内をいかせたらしく、背後で低く呻く声が聞こえた直後、後ろにずしりとした重みを感じ、高沢は思わず、あ、と息を吐き出していた。

慣れ親しんだこの重さ。いつも以上に充足感を覚える高沢の頬には我知らぬうちに満足げな笑みが浮かんでいた。

「お前は……」

やれやれ、というような櫻内の溜め息が背後で響き、それで我に返った高沢は肩越しに振り返ろうとした。が、

「あぁっ」

未だ硬度を保っていた雄で突き上げられ、堪らず背を仰《の》け反らせる。

「ま……っ……待ってくれ……っ」

せめて息が整うまで、と訴えようとしたが、櫻内の突き上げはますます勢いを増し、鎮まりかけた高沢の欲情を一気に煽り立てた。

「あぁ……っ……あっあっあっ」

そのまま大きすぎる快楽の波にあっという間に攫《さら》われていった高沢の既に嗄《か》れかけていた高い喘ぎは、それからしばらくの間、もうもうと湯気の立ちこめる浴室内で響き渡っていたのだった。


浴室で三度、絶頂を迎えさせられたあと、どうやら高沢は失神してしまったようで、気づいたときにはベッドの中にいた。喉の渇きを覚え、起き上がろうとしたとき、枕がわりに腕を貸してくれていた櫻内を起こしてしまったらしく、

「水か？」

と柔らかな声音で問われる。

「……ああ」

「待っていろ」

櫻内は高沢の額に唇を押し当てるようなキスをすると起き上がり、サイドテーブルに置いてあったミネラルウォーターのペットボトルのキャップを開け、上体を起こした高沢に差し出してきた。

「ありがとう」

礼を言って受け取り、ごくごくと飲み干す。その間、櫻内の視線が一秒たりとも逸れていないことに高沢は気付き、飲み干したペットボトルを手に彼を見返した。

「気分は？」

「大丈夫だ」

「腹は？」

「……いや。そんなに空いていない」

淡々と問うてくる彼に答えながら高沢は、まだ謝罪も礼も言えていないと気づき、慌てて居住まいを正した。

「どうした」

目を見開く櫻内に深く頭を下げる。

「本当に申し訳ない。迷惑をかけた」

「謝罪はいい。俺も油断していた」

高沢の謝罪を即座に受け流した櫻内は、

「しかし」

と尚も謝罪を続けようとした高沢の瞳を見つめ、頷いた。

「生きた心地がしなかったが……無事に戻ってこれてよかった」

「本当に悪かった」

櫻内にしては珍しいしみじみとした口調に胸を突かれたせいで、高沢は不要といわれた謝罪を繰り返していた。

「いいというのに」

櫻内が微笑み、額を合わせてくる。

「……まだ何も説明できていない」

すぐにも情報を提供したかったのに、と高沢は櫻内に、ジェラルドのことを告げようとした。

「ああ、だいたいのことは青木から聞いた。本人からと彼に仕込んだ盗聴器から」

「……え？」

予想外のことを言われ、高沢は戸惑いから声を上げていた。

「チーム高沢の人間には全員、発信機と盗聴器を渡している。外出中、お前に害が及んだ場合に即座に対応できるように。お前本人に仕込むと身の危険を呼ぶ恐れがあるからな」

「……だから、居場所がすぐにわかったのか」

青木が発信機を持っていたとは、と高沢は未だ、唖然としていた。そんな素振りを欠片ほども見せなかった青木の演技力には感心するしかない。溜め息を漏らしそうになっていた高沢の耳に、櫻内の苦笑が響く。

「本人たちは知らないことだがな」

「え？」

今度こそ高沢は驚き、高い声を上げていた。

「自分も知らなければ相手に気づかれる危険も回避できるだろう？」

「それはそうだろうが……」

一体どこに仕込んだというのだと高沢は青木の姿を思い起こした。

「発信機は奥歯に。盗聴器は靴底だ。運転手には革靴が支給されるというルールにしたからな」

「……なるほど……」

確かに青木は演技できるような状態ではなかったなと思い起こすと同時に、襲われた際に青木が命を奪われずにすんだのは自分にとっても幸運だったということか、と高沢は改めてそう、思い知っていた。

それなら自分で役に立てることはと考え、一つ思いつく。

「ジェラルド・リーという男について、報告させてもらえるか？」

「ああ、あの趣味の悪いサディストか」

櫻内の眉間に縦皺が寄る。

「随分と饒舌な男だったな。サディストにしてナルシスト……少し変わった特徴があるんじゃないか？　見た目に」

櫻内の眉間には相変わらず縦皺が寄ったままであるが、口調は淡々としていた。さすがだ、と高沢は感心のあまり目を見開いてしまったあと、そのとおり、と頷き口を開いた。

「確かに特徴的だった。黒髪が腰まであったから」

「今どき長髪か」

櫻内にとっても意外だったらしく、彼もまた目を見開いたあとに、ふと記憶を辿るような顔となる。

「？」

何を思い出しているのかと高沢が顔を見上げると、櫻内は、

「なんといったか……趙《チョウ》の弟。女装の彼のような印象はなかったんだが」

そう告げ、逆に高沢を戸惑わせた。

「……琳君《リンジュン》か。懐かしい名だ」

かつて自分たちに絡んできた、香港で最も勢いがあった新興団体の長とその弟の記憶が高沢の頭に蘇る。

「女性的な印象はなかった。どちらかというと男らしいというか凛々《りり》しいというか……」

「まさかと思うが好みだったか？」

揶揄する口調ではあるが、櫻内の目は笑っていない。

「俺に好みがあると思うか？」

普通に考えて、と高沢は素で疑問に思いつつそう返したのだが、それを聞いて櫻内は一瞬唖然とした顔になったあとに、吹き出すようにして笑い、高沢の額に唇を押し当ててきた。

「ああ、そうだな。お前に好みの男などいるはずがない。俺以外にな」

「ああ」

確かに、と高沢が頷くと、また櫻内が吹き出し、高沢を抱き締める。眉間にあった縦皺がすっかり解けていることに気づくより前に、上機嫌な声音で櫻内が言葉を発した。

「お前はどう見た？　ジェラルドという男を」

「正直、読めない。引き際がよすぎることも気になったし……」

それより、と高沢は自分が一番気にかけていることを確認するべく櫻内に問い掛けた。

「やはり金子が絡んでいると思うか？」

「金子を担ぎ上げている団体だろうな」

自明のことのように櫻内はそう言い、肩を竦めた。

「とはいえ、金子の菱沼組に関する引き出しはもうないだろう。これ以上、彼から引き出せる情報はないから、この先、奴らは新しい情報源を得ようとするんじゃないか？」

「……そうか……」

新たな情報源とは。候補を考えようとしていた高沢の耳に、

「ああ、そうだ」

と何か思い出したらしい櫻内の声が響いた。

「？」

なんだ？　と顔を見上げた高沢の額にまた唇を押し当てたあと、櫻内が衝撃的な言葉を告げる。

「お前のチームは解散させた」

「え？」

それは、と問おうとし、今回のペナルティかと気づく。しかし今回、責任を負うべきは自分だと高沢は櫻内に訴えかけた。

「彼らに責任はない。俺がわがままを通しただけだ」

酷く殴られた様子の三田村と早乙女、それに全裸にされ恥辱を与えられた青木を救済したいと高沢は必死になったが、櫻内は高沢の言葉を途中で封じた。

「だからだ」

「……え……？」

何が『だから』なのかと戸惑いの声を上げた高沢の目をじっと見つめた状態で櫻内が口を開く。

「なあなあの関係はよくないと気づいたのさ。峰を残してメンバーを変える。三田村、早乙女、青木は当面、射撃練習場で謹慎させることにした」

「そんな……」

なああの関係と言われては絶句するしかない。黙り込んだ高沢に櫻内が問い掛けてくる。

「不満か？」

「……いや……本人たちのためには、よかったのかもしれない」

自分にとっては、慣れ親しんだ仲間が近くにいてくれることが安堵を呼んだ。だが、彼らの身の安全を考えれば、自分のチームにいることが果たしていいことなのかと、高沢は案じたのだった。

「今後は定期的に入れ替えるつもりだ。お前からも、そして向こうからも、過度な思い入れを抱くことがないように」

「過度……」

別に今のメンバーも『過度』な思い入れはお互い持っていなかったと思うのだが、と反論したかったが、もう決まったことであるのなら、と高沢は口を閉ざした。だが一点だけ気になり、そこを確認する。

「峰は残すのか」

「ああ。彼の動向を見張るためにも、近くに置いたほうがいいだろう？」

「それはそうだな」

となると、今後はその役は自分に振られることになるのかと高沢は察した上で、任せてほしいと頷いた。そんな高沢を見て櫻内は目を細めて微笑むと、

「まあ、峰にその度胸があるとは思えないがな」

と苦笑してみせた。

「裏切ることはないと……信じているのか？」

峰は信頼に足ると、そう判断したということか、と察した高沢の胸にもや、とした思いが立ち昇る。

「嫉妬する必要はないぞ」

と、そんな高沢の気持ちを見抜いたかのように櫻内が揶揄めいた口調でそう告げ、また、高沢の額に唇を押し当てる。

「峰も馬鹿ではないということだ。お前も同じ考えだろう？」

櫻内の問いに高沢は迷いながらも、

「そうだな」

と頷いた。

「本人と話してそう感じた。警察を辞めたあとにも需要があるかを気にしていたから」

「お前にそれを信じさせている時点で得難い人材だと証明されているな」

櫻内がふっと笑いそう告げる。

「……嘘だったのか」

本当にそうであれば、自分はどれだけ馬鹿なのかと高沢は半ば唖然としてしまっていた。

「嘘というわけではない。警察が彼を手放さないというだけだ」

「なぜ」

エスであることがバレたのに、と高沢は驚きの声を上げ、櫻内を見やった。

「警察のお偉方は自信家なんだろう。何があろうと自分たちが裏切られることはないと信じている」

「……なるほど」

確かにそうした傾向はあるなと、頷いた高沢を見て、櫻内が楽しげな笑い声を上げた。

「お前は人がよすぎる。誰でも彼でも信じる必要はないんだぞ」

「……初めて言われた。人がいいなどと……」

違和感からつい、呟いてしまったが、言葉にしたあとすぐ、それこそ『馬鹿』と揶揄されたのかと気づいた。

「……いや、なんでも……」

ない、と羞恥を覚え言い直そうとした高沢を抱き寄せ、櫻内がまた額に口づけをする。

「人がいいにも程があるだろう。青木が生きているのはお前のおかげだ。俺としてはまず、自分の命を守ってほしいところだが、そういう思考回路になっていないから仕方がないのか……」

最後は高沢に聞かせるというよりは、独り言のような口調になっていたが、それを聞いて高沢は、そういうふうに見えているのかと首を傾げた。

「お前は自分を大切にしなさすぎるぞ」

疑念を抱いていたのが仕草から伝わったらしく、櫻内がいかにも不満そうな口調でそう言い、高沢を睨む。

「……そうだろうか……？」

死にたくないとは常に思っているつもりなのだが、と、尚も首を傾げた高沢を見て、櫻内は呆れた顔になったあと、

「まあ、今はそれでいいけどな」

と、溜め息交じりにそう言い、苦笑を浮かべてみせた。

「寝るといい」

会話が途切れると、行為の疲労からうつらうつらしてきてしまっていた高沢を抱き直し、櫻内が髪を梳《す》き上げる。心地よい感触に自然と微笑んでしまっていた高沢の耳に、櫻内の呟きが届いた。

「……本当に無事に戻ってくれてよかったよ」

「…………」

実感のこもったその言葉を聞いた瞬間、己の胸が酷く熱く滾《たぎ》るのを感じる。櫻内の胸に抱かれていると時折感じるこの感覚。それが愛であると彼が気づくまでには、あと少し、時間が必要なようだった。


翌日、高沢が目覚めたときには、既に隣には櫻内の姿はなかった。いつもは共に朝食をとるのだが、高沢の体調を慮《おもんぱか》ってくれ、起きるまで寝かせておくようにという伝言を残し出かけていったのだという。身支度を済ませて寝室を出た瞬間、意外すぎる光景と意外すぎる香りに高沢は思わず立ち尽くした。というのも、いつも高沢が櫻内と共に朝食をとっているその部屋を埋め尽くすほどに、赤い薔薇《ばら》の花が置かれていたのである。

何事だ、と目を見開いていた高沢に、おそるおそる声をかけてきた者がいた。

「あ、あの……」

その若い組員は、高沢が地下の射撃練習場で何度か教えたことのある男だった。名はなんといったか、と思い出そうとしつつ、何より、と高沢は周囲を見渡し、彼に問うた。

「この薔薇の花は?」

「た、高沢さん宛に今朝、届きました」

「俺に？　誰からだ？」

まさか自分宛だったとは。見舞いか何かだろうか。花を贈ってくる相手に心当たりはない。可能性としてあるのは八木沼や青柳だが、こんな贈り方はしないような、と首を傾げつつ問い掛けると、組員が封筒を差し出してきた。

「これが入ってました。その……組長もご覧になってます」

「ありがとう」

金の縁取りが入った綺麗な封筒を差し出す組員の手がぶるぶると震えている。緊張からか、はたまたこの封筒の中を見たときの櫻内の反応でも思い出したのか。となるとその相手は、と考えながら受け取り、カードを取り出した高沢は、書かれた文字に衝撃を受け、息を呑んだ。

『また会いましょう。それも近いうちに』

日本語で打たれたメッセージの下に、サインがある。ブルーブラックのインクで書かれていたのは、ジェラルド・リーの名前だった。

「……組長もこれを見たと言っていたな？」

カードを持つ手に力がこもる。

「は、はい」

組員は怯えた声を上げていたが、いつもであればフォローをと考える、その余裕は今の高沢からは失われていた。

「なんとおっしゃっていた？」

厳しい口調で問い掛けた高沢に、手だけでなく全身ぶるぶると震えながら組員が答える。

「あ、あの……『小賢《こざか》しい』と笑ってらっしゃいました」

「……そう、か」

いつでも迎え撃ってやる。そういうことだろう。それは自分も同じだ、と、むせかえるような薔薇の香りの中、高沢は目の前に迫りつつある新たな戦いに挑むかのようにきつく拳《こぶし》を握りしめたのだった。

第四部　完

あとがき

はじめまして&こんにちは。愁堂れなです。この度は一〇三冊目のルチル文庫、そしてシリーズ十五冊目となりました『色悪のたくらみ』をお手に取ってくださり、誠にありがとうございました。

皆様の応援のおかげでこうして第四部まで続けることができました。どうもありがとうございます！　本作で第四部完結となりますが、来年、第五部が始動いたしますので、よろしかったらまたお付き合いくださいね。

さて、第四部最終巻には個性的な？　新キャラを登場させましたが、いかがでしたでしょうか。

熟成されつつある櫻内と高沢の関係や、懐かしいキャラの登場など、とても楽しく書かせていただきましたので、皆様にも少しでも楽しんでいただけましたら、これほど嬉しいことはありません。

イラストの角田先生、今回も本当に!!　たくさんの萌えをありがとうございました!!

この度は原稿提出が遅くなり、多大なご迷惑をおかけしてしまったこと、何度詫びても詫び足りません。本当に申し訳ありませんでした。

お忙しい中、素晴らしいイラストをどうもありがとうございました。櫻内と高沢の二人は勿論、新キャラもめっちゃ素敵で！　本当に幸せです‼

また、今回も大変お世話になりました担当様をはじめ、本書発行に携わってくださいましたすべての皆様に、この場をお借りいたしまして心より御礼申し上げます。

最後に何より本書をお手に取ってくださいました皆様に御礼申し上げます。たくらみシリーズは熱いご感想をいただくことが多いので、今回も楽しんでいただけたかなとドキドキしています。ご満足いただけていることを祈りつつ、お読みになられたご感想をお聞かせいただけると本当に嬉しいです。どうぞよろしくお願い申し上げます。

次のルチル様でのお仕事は、書籍を発行していただける予定となっています。大好きな異世界転生ものにまた挑戦させていただきました。こちらもよろしかったらどうぞお手に取ってみてくださいね。

皆様にまたお目にかかれますことを切にお祈りしています。

令和六年一月吉日
愁堂れな

✦初出　色悪のたくらみ……………書き下ろし

愁堂れな先生、角田緑先生へのお便り、本作品に関するご意見、ご感想などは
〒151-0051 東京都渋谷区千駄ヶ谷 4-9-7
幻冬舎コミックス　ルチル文庫「色悪のたくらみ」係まで。

RB 幻冬舎ルチル文庫
色悪のたくらみ

2024年2月20日　第1刷発行

✦著者	愁堂れな　しゅうどう れな
✦発行人	石原正康
✦発行元	株式会社 幻冬舎コミックス 〒151-0051 東京都渋谷区千駄ヶ谷 4-9-7 電話 03(5411)6431[編集]
✦発売元	株式会社 幻冬舎 〒151-0051 東京都渋谷区千駄ヶ谷 4-9-7 電話 03(5411)6222[営業] 振替 00120-8-767643
✦印刷・製本所	中央精版印刷株式会社

✦検印廃止

ISBN978-4-344-85382-9　C0193　Printed in Japan

幻冬舎コミックスホームページ　https://www.gentosha-comics.net